U0004853

德・英・中 三語版

開始遊德國說德語

一句一句的會話練習

密切貼近當地生活

作者◎Hinrich Homann 何欣熹
錄音◎Gerd Homann M.A.

作者序

德語又美麗又有趣！誰都可以學得會！
歡迎來到德語的世界！

德語是迷人、優美且重要的語言。全世界大約有 9,500 萬人以上為母語使用者，加上 8,000 萬人作為第二語言。主要分布在德國、奧地利、瑞士北部、列支敦斯登和盧森堡，歐洲其他地區也列為官方語言之一，例如比利時。

雖然西方國家基本上可以依靠英文來溝通，但是掌握當地語言的觀光客、留學生和商人可以得到更好的互動，以及更愉快的旅遊經驗，因此學習德語也是勢在必行的一種趨勢。

賜教信箱：hchint66@gmail.com

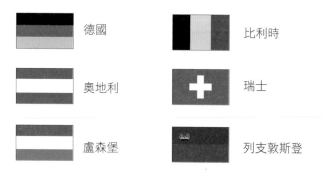

德國　　　　　　　　　　比利時

奧地利　　　　　　　　　瑞士

盧森堡　　　　　　　　　列支敦斯登

本書特色

(1) **無須德文基礎**：本書適合沒有德文基礎的讀者閱讀及學習，也適合擁有德文初、中級程度的讀者參考及複習整合。高頻率出現的詞彙，讓你隨時可應付各種狀況，無論是聊天、問路、買票、住宿、緊急狀況等，通通一本搞定！

(2) **真人示範發音**：MP3 QR Code 隨掃隨聽，就算沒空練習當背景音樂也行，用最沒有壓力的方式，學會最道地的發音。除了可以邊學邊聽，旅行途中如果突然忘記該怎麼說，手機一拿起來，馬上派上用場！

(3) **文化背景介紹**：除了介紹在德國旅遊時必備的字彙及對話，同時也提供精采的文化背景介紹。德國最偉大的音樂家、文學家、發明家是誰？有哪些非去拜訪不可的世界遺產？德國啤酒有哪些產區？喝起來各有什麼特色？讀完讓你立馬變身德國通！

(4) **便利閱讀使用**：字體清晰、編排一目了然，讓未曾學過德語、有看沒有懂的你，用「比」的嘛欸通，一指神功暢遊德國。特別設計的字體尺寸容易查詢，不會看得霧煞煞，當然也不會指錯行、表錯意囉！

(5) **三語對照參考**：書中的字彙及例句，除了以中文、德文標示之外，同時列出英文翻譯提供讀者參考。德、英、中三語對照，靈活轉換運用，不管遇到什麼狀況都更得心應手！

音檔使用說明

(1) 手機收聽

①每單元右上角都附有 QR Code
②用 APP 掃描就可立即收聽真人發音 MP3

(2) 電腦收聽、下載

①每單元右上角都附有音檔編號，例如：01-01、01-02⋯⋯
②輸入網址＋音檔編號即可收聽，按右鍵則可另存新檔下載
  http://epaper.morningstar.com.tw/mp3/0130013/01-01.mp3
③如想收聽、下載不同音檔，請修改網址後面的音檔編號即
  可，例如：
  http://epaper.morningstar.com.tw/mp3/0130013/01-02.mp3
  http://epaper.morningstar.com.tw/mp3/0130013/01-03.mp3
  ⋯⋯依此類推
④建議使用瀏覽器：Google Chrome、Firefox

(3) 全書音檔大補帖下載

①尋找密碼：請翻到本書第 57 頁，輸入實用字彙第 1 個字的德文。

②進入網站：https://goo.gl/pHb9oX

③填寫表單：依照指示填寫基本資料與下載密碼。e-mail 請務必正確填寫，萬一連結失效才能寄發資料給您！

④一鍵下載：送出表單後點選連結網址，即可下載全書音檔大補帖

✖ 柏林圍牆（Berliner Mauer）

圖片提供：Eddy Galeotti / Shutterstock.com

✖ 布蘭登堡門（Brandenburger Tor），位於柏林（Berlin）

✈ 慕尼黑啤酒節（Oktoberfest）

圖片提供：anandoart / Shutterstock.com

✈ 法蘭克福（Frankfurt）的傳統聖誕市集

✕ 科赫姆鎮（Cochem），位於萊茵河（Rhein）支流摩澤爾河（Mosel）河畔

✕ 新天鵝堡（Schloss Neuschwanstein），位於巴伐利亞邦（Bayern）西南方

✈ 科隆大教堂（Kölner Dom）

✈ 無憂宮（Schloss Sanssouci），位於波茨坦（Potsdam）

✕ 布格豪森（Burghausen），位於巴伐利亞邦的一個市鎮

✕ 弗羅伊登貝格（Freudenberg），位於北萊茵一西發利亞邦
（Nordrhein-Westfalen）

✈ 海德堡（Heidelberg），位於巴登—符登堡邦（Baden-Württemberg）

✈ 羅騰堡（Rothenburg ob der Taube）位於巴伐利亞邦西北部

✈ 海德堡登山纜車

✈ 柏林愛樂音樂廳

圖片提供：Claudio Divizia / Shutterstock.com

✈紐倫堡（Nürnberg）車站

✈德國鐵路（Deutsche Bahn）──DB火車

✕ 漢堡市（Hamburg）的啤酒車

圖片提供：Aleksandr Simonov / Shutterstock.com

✕ 德國豬腳

✈ 德式香腸佐酸菜

✈ 德國傳統小吃 Brezel 蝴蝶餅（8 字型麵包）

✗ 麗絲玲（Riesling）葡萄被認為是釀造白酒最重要的品種之一

✗ 「冰酒」是一種採用冰凍葡萄釀造而成的葡萄酒，濃縮了經寒流凍過的葡萄精華

目 錄

第1章 基本用語

第2章 溝通

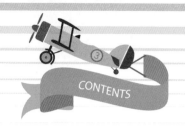

CONTENTS

第 4 章　飲食

第 5 章 觀光

CONTENTS

第 6 章　購物

第7章　住宿

CONTENTS

第 8 章　出狀況

01.什列斯威—霍爾斯坦
　　Schleswig-Holstein
02.梅克倫堡—西波美恩
　　Mecklenburg-Vorpommern
03.漢堡 Hamburg
04.不萊梅 Bremen
05.下薩克森 Niedersachsen
06.柏林 Berlin
07.布蘭登堡 Brandenburg
08.薩克森—安哈特
　　Sachsen-Anhalt
09.北萊茵—西發利亞
　　Nordrhein-Westfalen
10.薩克森 Sachsen
11.圖林根 Thüringen
12.赫森 Hessen
13.萊茵蘭—普法茲
　　Rheinland-Pfalz
14.薩爾蘭 Saarland
15.巴伐利亞 Bayern
16.巴登—符登堡
　　Baden-Württemberg

a.基爾 Kiel
b.漢堡 Hamburg
c.不萊梅 Bremen
d.柏林 Berlin
e.漢諾威 Hannover
f.波茨坦 Potsdam
g.哈默爾恩 Hameln
h.蓋爾森基興
　　Gelsenkirchen
i.多特蒙德 Dortmund
j.萊比錫 Leipzig
k.杜塞道夫 Düsseldorf
l.德勒斯登 Dresden
m.馬爾堡 Marburg
n.科隆 Köln

o.法蘭克福 Frankfurt
p.拜羅伊特 Bayreuth
q.維爾茨堡 Würzburg
r.凱薩斯勞滕 Kaiserslautern
s.紐倫堡 Nürnberg
t.海德堡 Heidelberg
u.羅騰堡
　　Rothenburg ob der Tauber
v.巴登—巴登 Baden-Baden
w.司徒加 Stuttgart
x.慕尼黑 München
y.富森 Füssen

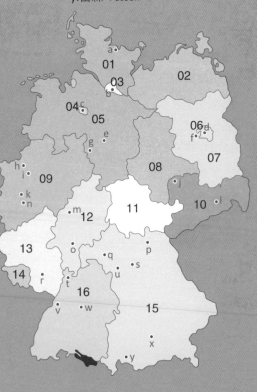

00-01

發音規則

德語的字母由基本 26 個字母和母音變音的 Ä、Ö、Ü 和 ß 組成，共計 30 個字母。德語的發音和底下的羅馬拼音大致相同。

德語字母發音表

A [a:]	B [be:]	C [tse:]	D [de:]
E [e:]	F [ɛf]	G [ge:]	H [ha:] 喉部氣音
I [i:]	J [jot]	K [ka:]	L [ɛl]
M [ɛm]	N [ɛn]	O [o:]	P [pe:]
Q [ku:]	R [ɛr] 打舌音	S [ɛs]	T [te:]
U [u:]	V [fau]	W [ve:]	X [lks:]
Y [ypsilon]		Z [tsɛt]	

母音變音的 Ä、Ö、Ü 和 ß

Ä [ɛ:] 小捲舌	Ö [oe:] 發注音「ㄦ」 但嘴型更圓	Ü [y:] 發注音「ㄩ」	ß [ɛstsɛt]

> 註 1.德語的母音是 a[a]、e[e]、i[i]、o[o]、u[wu]。
> 2.德語的雙母音是 au, eu, oi。
> 3.ß 只有大寫寫法。

發音常見規則

- 雙母音發長音：Beethoven、Boot、Aal、Aar、Beete
- 母音後有 h，發長音：Brahms、Ohm、lahm、Hohn
- 母音後有單子音，發長音：Schubert、Mozart、Hupen
- 母音後有多個子音，發短音：Bach、lachen

> 註 很多德國人的發音受到方言的影響。因此，如果一個當地人的德文不容易懂，通常是因為他的發音偏向方言，不要懷疑自己德文有問題。德國人用的英文大多數為英式英文，而不是台灣人熟悉的美式英文。詞語基本上一樣，但是發音有些不同。

文法概要

詞性與冠詞

德語的名詞有屬性之分,可分為陽性名詞、陰性名詞與中性名詞三類。名詞的詞性、單複數,以及位於文句中的位置都會影響到冠詞的變化。

德語詞性的標示如下:陽性名詞＝(m.)、陰性名詞＝(f.)、中性名詞＝(n.)、複數＝(pl.)。

當名詞為主詞時,其冠詞如下:

	名詞	定冠詞 (相當於英文的 the)	不定冠詞 (相當於英文的 a / an)
陽性名詞 (m.)	男人	der Mann	ein Mann
陰性名詞 (f.)	女人	die Frau	eine Frau
中性名詞 (n.)	小孩	das Kind	ein Kind
複數 (pl.)	孩子們	die Kinder	Kinder

人稱代名詞、所有格代名詞

人稱代名詞		所有格代名詞	
		接陽性及中性名詞單數	接陰性名詞及所有名詞複數
我（第一人稱單數）	ich	mein	meine
你（第二人稱單數）	du	dein	deine
他 / 她 / ……（第三人稱單數）	er / sie / es	sein / ihr / sein	seine / ihre / seine
我們（第一人稱複數）	wir	unser	unsere
你們（第二人稱複數）	ihr	eurer	eure
他們（第三人稱複數）	sie	ihr	ihre
您 / 您們（第二人稱敬稱單複數同型）	Sie	Ihr	Ihre

動詞時態

德文動詞變化

德文動詞會隨著格、單複數、時態、祈使句等而有變化。下列為常用動詞的基本變化表。幸虧,去德國旅遊不需要過分考慮文法的問題。當觀光客,掌握基本的辭彙和句型就足夠。

	是 **sein** (to be)	有 **haben** (to have)	想要 **wollen** (to want)	去 [用交通工具] **fahren** (to drive, to travel)
我 （第一人稱單數）	bin	habe	will	fahre
你 （第二人稱單數）	bist	hast	willst	fährst
他 / 她 / …… （第三人稱單數）	ist	hat	will	fährt
我們 （第一人稱複數）	sind	haben	wollen	fahren
你們 （第二人稱複數）	seid	habt	wollt	fahrt
他們 （第三人稱複數）	sind	haben	wollen	fahren
您 / 您們 （第二人稱敬稱 單複數同型）	sind	haben	wollen	fahren

常用時態表

以 gehen（去）為例子。

時態	例句	解說
現在式時態 (Präsens)	我去 **Ich gehe.** (I go. / I am going.)	表示一種永久性的、不涉及特定時間的一般性陳述。
過去式時態 (Imperfekt)	我去了 **Ich ging.** (I went.)	表示事件或狀態必定發生在過去，從其完成到現在之間有一段間隔。
完成式時態 (Perfekt)	我去了 **Ich bin gegangen.** (I have gone.)	動作發生在過去，完成式強調動作現在的結果。
未來式時態 (Futur)	我將會去 **Ich werde gehen.** (I will go.)	主要表示將來某時會發生的事。

第 1 章

基本用語
Grundwörter
Basic Words

旅行的最大樂趣，
莫過於能夠和當地民眾直接交流。
不會德語沒關係，
記住幾個單字和幾句簡單的問候語，
就能大方地與當地民眾交談。
那麼，就從基本用語開始學習吧！

問候語
Grüße

01-01

人與人之間的交流都是從問候開始，只要會說當地的問候語，除了享有對方親切的接待，也能增加新的旅行機遇或回憶。

你好。（北德國）
Moin.
Hello.

你好。（南德國）
Servus.
Hello.

> **註** 1. 以維爾茨堡一帶為界，不同地區的問候語說法略有不同。
> 2. "Servus." 是南德區親友間使用的問候語。"Guten Tag." 則是北德區一般問候語。

再見。
Auf Wiedersehen.
Good-bye.

掰掰。
Tschüs.
Bye.

早安！
Guten Morgen!
Good morning!

晚安！
Guten Abend!
Good evening!

晚安！
Gute Nacht!
Good night!

明天見。
Bis morgen.
See you tomorrow.

嗨！（婦女和青年人用）
Hi!
Hi!

對不起！
Entschuldigung!
I'm sorry!

嗨，您好！
Hallo!
Hello!

沒事嗎？
Geht's gut?
Is everything OK?

歡迎。
Willkommen.
Welcome.

你好嗎？
Geht es Ihnen gut?
How is it going?

美好的一天！
Guten Tag!
Good day!

謝謝。
Danke.
Thank you.

非常感激。
Herzlichen Dank.
Thank you very much.

不客氣！
Nichts zu danken!
Don't mention it!

麻煩您。/ 請。
Bitte.
Please.

你好嗎？
Wie geht es dir?
How are you?

祝你玩得愉快！
Viel Vergnügen!
Have fun!

很高興見到你。（初次見面）
Sehr erfreut.
Nice to meet you.

最近好嗎？
Wie geht es Ihnen?
How are you?

我很好。
Mir geht es gut.
I'm fine.

再見。
Auf Wiedersehen.
Good-bye.

沒關係。
Keine Ursache.
You're welcome.

對不起。/ 借過。
Entschuldigung.
Excuse me.

我很好。
Mir geht es gut.
I'm fine.

祝你有個愉快的旅程！
Schöne Reise!
Wish you a nice trip!

我也很高興見到你。
Ganz meinerseits.
The pleasure is all mine.

肯定與否定
Bejahen / Verneinen

暫時把困難或複雜的回答擺到一邊，先來學會簡單一個句子就能表達意思的説法吧！

是的。/ 可以。
Ja.
Yes.

不是。/ 不行。
Nein.
No.

我瞭解了。原來如此。
Verstanden.
I understand.

我不瞭解。
Ich verstehe nicht.
I don't understand.

是的，就是這樣。
Ja, stimmt.
Yes, that's right.

可能不會。
Eher nicht.
Not likely.

不。/ 免談。
Das geht nicht.
No way.

行。/ 可以。
OK.
OK.

不，並非如此。
Nein, stimmt nicht.
No, that's not corrrect.

沒錯。
Genau.
Exactly.

我贊成。
Ich stimme zu.
I agree.

我反對。
Ich bin dagegen.
I disagree.

拜託。/ 別客氣。
Bitte.
Please.

當然。/ 沒問題。
Natürlich.
Of course.

請託
Bitten

　　旅途中經常會使用到請求與詢問句。自己的意思或想要詢問的事情是否能正確傳達給對方，是影響旅程愉快與否的重要關鍵。

不好意思打擾一下。
Entschuldigung bitte.
Excuse me.

我可以……嗎？
Darf ich...?
May I...?

你能幫助我嗎？
Können Sie mir helfen?
Can you help me?

請幫我！
Helfen Sie mir bitte!
Please help me!

這可能嗎？
Geht das?
Is this OK?

我在找……。我需要……。
Ich benötige...
I need...

請問有……嗎？
Gibt es...?
Is (Are) there...?

您有沒有……？
Haben Sie...?
Do you have...?

我想要……
Ich möchte...
I would like...

您説什麼？
Wie bitte?
What did you say?

請再説一次。
Noch einmal, bitte.
Please repeat.

可以請您把它寫下來嗎？
Können Sie das aufschreiben?
Can you write it down, please?

這怎麼唸？
Wie liest man das?
How is this pronounced?

這怎麼拼？
Wie buchstabiert man das?
How is this spelled?

謝謝，您人真好。
Danke schön. Sie haben mir sehr geholfen.
Thank you very much. I'm very grateful for your help.

可以麻煩您説得更仔細一些嗎？
Können Sie das noch genauer erklären?
Could you explain this with more details?

疑問
Fragen

01-04

　　旅行途中難免會遇到問題，學好基本疑問字詞，相信旅行起來更輕鬆愉快。

在哪裡？ **Wo?** Where?	多少？ **Wie viel?** How many?	到哪裡？ **Wohin?** Where to?
什麼時候？ **Wann?** When?	為什麼？ **Warum?** Why?	幾點？ **Um wieviel Uhr?** At what time?
怎麼樣？/ 什麼？ **Wie? / Was?** How? / What?	在何日？ **An welchem Datum?** On what date?	誰？ **Wer?** Who?
多久？ **Wie lange?** How long?	哪一個？ **Welches?** Which one?	幾樓？ **Welcher Stock?** Which floor?
跟誰？ **Mit wem?** With whom?	多常？ **Wie oft?** How often?	為什麼？ **Warum?** Why?
為什麼不？ **Warum nicht?** Why not?		

數字
Zahlen

01-05

德語的數字說法是先說個位數再說十位數，從 1～20 的部分可能還算好記，但是 21 之後的數字就要多花一些時間才能聽得熟悉、說得習慣。例如：121 是 hunderteinundzwanzig。

0	**null** zero	10	**zehn** ten	20	**zwanzig** twenty
1	**eins** one	11	**elf** eleven	21	**einundzwanzig** twenty-one
2	**zwei** two	12	**zwölf** twelve	22	**zweiundzwanzig** twenty-two
3	**drei** three	13	**dreizehn** thirteen	30	**dreißig** thirty
4	**vier** four	14	**vierzehn** fourteen	40	**vierzig** forty
5	**fünf** five	15	**fünfzehn** fifteen	50	**fünfzig** fifty
6	**sechs** six	16	**sechzehn** sixteen	60	**sechzig** sixty
7	**sieben** seven	17	**siebzehn** seventeen	70	**siebzig** seventy
8	**acht** eight	18	**achtzehn** eighteen	71	**einundsiebzig** seventy-one
9	**neun** nine	19	**neunzehn** nineteen	80	**achtzig** eighty

90	**neunzig** ninety	第三	**der / die / das dritte** the third
100	**hundert** hundred	最後 一個	**das letzte** the last
101	**hunderteins** one hundred and one	一次	**einmal** once
121	**hunderteinundzwanzig** one hundred and twenty-one	兩次	**zweimal** twice
500	**fünfhundert** five hundred	兩倍	**doppelt** double
1000	**tausend** thousand	整個 / 全部	**das ganze / alles** the whole / everything
1 萬 (10,000)	**zehntausend** ten thousand	一半	**eine Hälfte / halb** a half / half
10 萬 (100,000)	**hunderttausend** hundred thousand	1 / 3	**ein Drittel** one third
100 萬	**eine Million** one million	1 / 4	**ein Viertel** one quarter
第一	**der / die / das erste** the first	3 / 4	**drei Viertel** three quarters
第二	**der / die / das zweite** the second	大約 左右	**ungefähr** approximately

時刻
Uhrzeiten

　　台灣不常使用 24 小時制，但德國大多使用 24 小時制。有關 9 點或 12 點之類的整點時間，對讀者不成問題；但如果是「幾點幾分」、「幾點半」的表現方式，則需要稍加留意。

> 註　在 halb zehn 中，halb 是「半」，zehn 是「10」，合起來很容易讓人誤以為是 10 點半的意思，其實是指 9 點半。所以，當數字前面出現 halb 時，所代表的是該數字「之前」30 分鐘的時間。

小時 **Stunde** *(f.)* hour	分鐘 **Minute** *(f.)* minute	秒鐘 **Sekunde** *(f.)* second	刻（15 分鐘） **ein Viertel** *(n.)* a quarter
半 **halb** half	30 分鐘 / 半小時 **dreißig Minuten / eine halbe Stunde** thirty minutes / half an hour		
在……幾點時 **um... Uhr** at... o'clock	……點 **Uhr** o'clock	……分鐘前 **...Minuten vor** ...minutes before	……分鐘後 / 超過 **...Minuten nach** ...minutes after

實例練習

9 點 30 分 **neun Uhr dreißig** nine thirty	9 點 45 分（再 15 分 10 點） **neun Uhr fünfunvierzig (Viertel vor zehn)** nine forty-five (a quarter to ten)
10 點 **zehn Uhr** ten'o clock	10 點 10 分 **zehn Uhr zehn** ten ten
11 點 15 分 **elf Uhr fünfzehn** eleven fifteen	晚上 7 點 **sieben Uhr abends (neunzehn Uhr)** seven p.m.

星期一
Montag *(m.)*
Monday

星期二
Dienstag *(m.)*
Tuesday

星期三
Mittwoch *(m.)*
Wednesday

星期四
Donnerstag *(m.)*
Thursday

星期五
Freitag *(m.)*
Friday

星期六
Samstag *(m.)*
Saturday

星期日
Sonntag *(m.)*
Sunday

週末
Wochenend *(n.)*
weekend

假日
Feiertag *(m.)*
holiday

日
Tag *(m.)*
day

每天
täglich
daily

今天
heute
today

明天
morgen
tomorrow

昨天
gestern
yesterday

後天
übermorgen
the day after tomorrow

前天
vorgestern
the day before yesterday

三天前
vor drei Tagen
three days ago

三天後
in drei Tagen
in three days

十天
zehn Tage
ten days

一周
eine Woche
one week

本周
diese Woche
this week

下周
nächste Woche
next week

上周
letzte Woche
last week

早上
Vormittag *(m.)*
morning

中午
Mittag *(m.)*
noon

晚上（傍晚）
abends (früher Abend)
evening (early evening)

晚上（夜晚）
abends (spätabends)
evening (late at night)

上午	正午	下午
vormittags	**Mittagszeit** *(f.)*	**nachmittags**
in the morning	noontime	in the afternoon

太早	太晚
zu früh	**zu spät**
too early	too late

月份 / 季節
Monate / Jahreszeiten

01-08

德國氣候乾燥，四季分明，春秋兩季寒暖溫差劇烈。德語表示季節或月份的單字和英語類似，所以很好瞭解。

春天	夏天	秋天	冬天
Frühling *(m.)*	**Sommer** *(m.)*	**Herbst** *(m.)*	**Winter** *(m.)*
Spring	Summer	Autumn	Winter
一月	二月	三月	四月
Januar *(m.)*	**Februar** *(m.)*	**März** *(m.)*	**April** *(m.)*
January	February	March	April
五月	六月	七月	八月
Mai *(m.)*	**Juni** *(m.)*	**Juli** *(m.)*	**August** *(m.)*
May	June	July	August
九月	十月	十一月	十二月
September *(m.)*	**Oktober** *(m.)*	**November** *(m.)*	**Dezember** *(m.)*
September	October	November	December
月	這個月	下個月	上個月
Monat *(m.)*	**dieser Monat**	**nächster Monat**	**vergangener Monat**
month	this month	next month	last month

每個月
jeder Monat
every month

年
Jahr *(n.)*
year

今年
dieses Jahr
this year

明年
nächstes Jahr
next year

去年
vergangenes Jahr
last year

後年
übernächstes Jahr
the year after the next

每年
jedes Jahr
every year

半年
ein halbes Jahr
half a year

貨幣及單位
Geld und häufig gebrauchte Einheiten

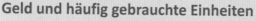

01-09

　　歐元是歐盟國家的共同貨幣，其代表符號是「€」，幣別名稱為 EUR，最小面額為 1 歐分、最大為 500 歐元，1 歐元＝100 歐分。

1 歐分
ein Euro-Cent
one euro cent

20 歐分 / 20 分
zwanzig / Euro-Cent
twenty euro cents

1 歐元
ein Euro
one euro

100 歐元
hundert Euro
100 euros

20.49 歐元 (EUR20,49 / 20,49€)
zwanzig Euro neunundvierzig
twenty euros forty-nine

長度
Länge *(f.)*
length

重量
Gewicht *(n.)*
weight

面積
Fläche *(f.)*
area

公分
Zentimeter *(m.)*
centimeter

公克
Gramm *(n.)*
gram

平方公尺
Quadratmeter *(m.)*
square meter

公尺
Meter (m) *(m.)*
meter

公斤
Kilo *(n.)*
kilo

容量
Kapazität *(f.)*
capacity

公里
Kilometer (km) *(m.)*
kilometer

公噸
Tonne *(f.)*
ton

公升
Liter *(m.)*
liter

卡路里
Kalorie *(f.)*
calorie

磅
Pfund *(n.)*
pound

盎司
Unze *(f.)*
ounce

這些費用為五歐元。
Das kostet 5 (fünf) Euro.
That makes five euros.

瓦特
Watt *(n.)*
watt

安培
Ampere *(n.)*
ampere

第2章

溝通
Kommunikation
Communication

理解本章所介紹的德國生活或想法，
和當地的民眾直接溝通，
能使旅行充滿更多美好的回憶。
不要害羞，嘗試和德國朋友交談吧！

初次見面
Erstes Treffen

02-01

早安 / 日安 / 晚安。/ 你好嗎？
Guten Morgen / Tag / Abend. Wie geht es Ihnen?
Good morning / afternoon / evening. How are you?

很好，謝謝。
Sehr gut, danke.
Very good. Thank you.

很高興認識您！（較正式）
Angenehm! / Sehr erfreut!
Nice to meet you!

嗨。
Hi.
Hi.

好久不見。
Lange nicht gesehen.
It has been a long time.

一切都好嗎？
Alles in Ordnung?
Is everything going well?

很好啊，你呢？
Sehr gut. Und bei dir?
Very well. And for you?

還不錯。
Nicht schlecht.
Not bad.

下次再見。
Bis zum nächsten Mal.
See you next time.

明天見。
Bis morgen.
See you tomorrow.

掰掰。
Bye-bye.
Bye-bye.

自我介紹
Selbstvorstellung

02-02

我叫漢斯。/ 我的名字是漢斯・穆勒。
Ich heiße Hans. / Mein Name ist Hans Müller.
I'm Hans. / My name is Hans Muller.

您叫什麼名字？/ 你叫什麼名字？
Wie heißen Sie? / Wie heißt du?
What's your name? / What's your name?

您來自哪裡？（正式用法）
Woher kommen Sie?
Where do you live?

你來自哪裡？
Woher kommst du?
Where are you from?

我來自台灣。
Ich komme aus Taiwan.
I am from Taiwan.

我住在台北。
Ich wohne in Taipei.
I live in Taibei.

我是台灣人。（男生用法 / 女生用法）
Ich bin Taiwanese. / Taiwanesin.
I am Taiwanese.

我是交換學生 / 旅客。
Ich bin Austauschstudent / Tourist.
I am an exchange student / tourist.

您多大了？（正式用法）
Wie alt sind Sie?
How old are you?

我今年 20 歲。
Ich bin zwanzig Jahre alt.
I am twenty years old.

我正在度假。
Ich mache gerade Ferien.
I am currently on holiday.

我一個人 / 跟朋友一起旅行。
Ich reise alleine / mit Freunden.
I travel alone / with friends.

我是跟團來的。
Ich bin mit einer Reisegruppe hier.
I am here with a travel group.

可以請您重複一次嗎？
Können Sie das noch einmal wiederholen?
Could you repeat that, please?

跟您談話很愉快。
Es ist schön, mit Ihnen zu reden.
It is a pleasure talking to you.

實用句型：您來自哪裡？

您來自哪裡？
Woher kommen Sie?
Where do you come from?

我來自台灣。
Ich komme aus Taiwan.
I am from Taiwan.

 實用字彙

東部	西部	南部	北部
Osten (m.)	**Westen** (m.)	**Süden** (m.)	**Norden** (m.)
East	West	South	North

法國	英國	美國	義大利
Frankreich	**Großbritannien**	**USA**	**Italien**
France	Great Britain	USA	Italy

丹麥	加拿大	土耳其	非洲
Dänemark	**Kanada**	**Türkei**	**Afrika**
Denmark	Canada	Turkey	Africa

邀約
Einladungen

  02-03

你今天有時間嗎？/ 您今天有時間嗎？
Haben Sie heute Zeit? / Hast du heute Zeit?
Do you have time today?

是的，當然。/ 不，恐怕沒有時間。
Ja, natürlich. / Nein, leider nicht.
Yes, of course. / No, unfortunately I haven't.

您 / 你想去哪？
Wollen Sie / Willst du hingehen?
Where do you want to go?

有沒有興趣一起去喝一杯？
Wie wäre es, wenn wir zusammen etwas trinken?
How about having a drink together?

好啊，我很樂意。
Ja, in Ordnung. Das klingt gut.
Yes, that sounds great.

我們約在哪裡見面？
Wo sollen wir uns treffen?
Where shall we meet?

可否給我你的手機號碼？
Können Sie mir Ihre / Kannst du mir deine Handynummer geben?
Can you give me your cellphone number?

請將我的照片用 E-mail 或 Line 傳給我。
Bitte schicken Sie / Bitte schicke meine Fotos per E-Mail oder Line an mich.
Please send my pictures using e-mail or line to me.

實用字彙

咖啡
Kaffee *(m.)*
coffee

果汁
Fruchtsaft *(m.)*
fruit juice

調酒
Cocktail *(m.)*
cocktail

紅酒
Rotwein *(m.)*
red wine

兜風
Spazierfahrt *(f.)*
ride

夜遊
Nachtwanderung *(f.)*
night tour

聚餐
gemeinsames Essen *(n.)*
shared meal

消夜
Mitternachtsimbiss *(m.)*
late night snack

致歉
Um Verzeihung bitten

抱歉。
Entschuldigung.
Excuse me. ※這是拜託他人或呼喚他人時使用的句子。

對不起。
Es tut mir sehr leid.
I'm very sorry. ※對他人造成困擾時所使用的句子。

這是誤解。
Das ist ein Missverständnis.
This is a misunderstanding.

我不是那個意思。
Das habe ich nicht so gemeint.
I didn't mean it.

請道歉！/ 請您向我道歉！
Entschuldige dich bitte! / Entschuldigen Sie sich bitte!
Please apologize! / I expect you to apologize!

這是我的錯。
Das war mein Fehler.
That was my mistake.

以後我會更小心。
Ich werde in Zukunft vorsichtiger sein.
I will be more careful in the future.

02-05

什麼？咦？
Was? Hä?
What? Huh?

請再說一次。
Bitte sagen Sie das noch einmal.
Please say that again.

我不懂你的意思。／我不明白您的意思。
Ich verstehe dich nicht. / Ich verstehe Sie nicht.
I don't understand you.

我不會說德語。
Ich kann kein Deutsch sprechen.
I don't speak German.

我的德語不太好。
Mein Deutsch ist nicht so gut.
My German is not so good.

我不確定自己有沒有聽懂。
Ich weiß nicht, ob ich das richtig verstanden habe.
I am not sure if I have understood that correctly.

請說慢一點！
Langsamer bitte!
More slowly, please!

可以請您寫在這裡嗎？
Können Sie mir das hier aufschreiben?
Can you write this down here?

我只會說一點德語。
Ich spreche nur wenig Deutsch.
I only speak a little German.

你會說英語嗎？/ 您會說英語嗎？
Sprichst du Englisch? / Sprechen Sie Englisch?
Do you speak English?

這個德語怎麼說？
Wie sagt man das auf Deutsch?
How do I say this in German?

嗯……怎麼說才好呢？
Hm...wie soll ich's sagen?
Um...how do I say it?

請讓我稍微想一下。
Lassen Sie mich nachdenken.
Let me think.

這個字怎麼拼？
Wie buchstabiert man dieses Wort?
How do I spell this word?

可以請您打字在我的手機上嗎？
Können Sie mir das hier auf meinem Handy eintippen?
Can you type it here on my cellphone?

支吾其詞
Undeutliches Sprechen

02-06

稍等一下。/ 嗯，總之……
Einen Moment, bitte. / OK, also, zusammengefasst...
Please wait a moment. / OK, to sum it up...

剛剛那是什麼？
Was war das gerade?
What was that just now?

剛剛怎麼了？
Was hatte das gerade für eine Bedeutung?
What did you mean just now?

嗯……我不知道。
Oh, das weiß ich nicht.
Oh, I don't know.

嗯，我就快要想起來了。
Hm, ich komme gleich darauf.
Ehm, I'll think of it in a second.

嗯……我該說些什麼好呢？
Hm, was soll ich da sagen?
Ehm, what shoudl I say?

對不起，我想不起來了。
Entschuldigung, ich komme nicht darauf.
Sorry, I can't remember.

聊聊台灣
Über Taiwan sprechen

`02-07`

　　不少當地人對距離遙遠的亞洲，其實所知有限，有時會有人把「台灣」聽成是「泰國」，遇到這種情形，花點時間解釋、讓他們了解，是值得的。

台灣是一個東亞的海島國家。
Taiwan ist ein Inselstaat in Ostasien.
Taiwan is an island nation in East Asia.

我來自台灣，不是來自泰國。那是不同的國家！
Ich komme aus Taiwan und nicht aus Thailand. Das sind andere Länder!
I'm from Taiwan, not from Thailand. Those are different countries!

台灣的首都是台北。
Die Hauptstadt von Taiwan ist Taipei.
The capital city of Taiwan is Taipei.

台灣也有很多溫泉。
Es gibt in Taiwan viele Badworte mit.
There are many hot springs in Taiwan, too.

台灣人愛棒球和籃球。
Taiwanesen lieben Baseball und Basketball.
Taiwanese love baseball and basketball.

布袋戲是項傳統藝術。
Puppentheater ist eine traditionelle Kunstform.
Puppet shows are a kind of traditional Taiwanese art.

你能區別中國人和日本人嗎？
Kannst du Chinesen und Japaner unterscheiden?
Do you see a difference between Chinese and Japanese?

聊聊德國
Über Deutschland sprechen

02-08

德語非常難。
Deutsch ist sehr schwer.
German is very difficult.

我在德國過得很開心。
Ich bin gerne in Deutschland.
I like to be in Germany.

德國氣候涼爽。
Das deutsche Klima ist kühl.
The German climate is cool.

德國真的有許多不同的啤酒和葡萄酒。
Es gibt wirklich viele verschiedene Biersorten und Weine in Deutschland.
There are really many different types of beer and wine in Germany.

哪裡是德國最美麗的地方？
Was ist der schönste Ort in Deutschland?
What is the most beautiful place in Germany?

我很喜歡柏林，特別是在柏林影展的時候。
Ich mag Berlin sehr gerne. Insbesondere während der Zeit der Berlinale.
I really like Berlin. Especially during the time of the Berlinale movie festival.

我在哪裡可以買到不錯的德國紀念品？
Wo kann ich schöne deutsche Souvenirs einkaufen?
Where can I buy beautiful German souvenirs?

聊聊節慶
Über Feste und Feiertage sprechen

02-09

在德國，什麼是重要的節日？
Was sind die wichtigsten Festtage in Deutschland?
What are the most important public holidays in Germany?

你 / 您知道德國有什麼節日和假期？
Welche deutschen Feste und Feiertage kennst du / kennen Sie?
Which German festivals and public holidays do you know of?

這個節日，人們會去教會嗎？
Geht man an diesem Feiertag in die Kirche?
Do people go to church on this holiday?

這個假期，你 / 您在做什麼呢？
Was machst du / Sie an diesem Feiertag?
What do you do on this holiday?

萬聖節也是德國的假期嗎？
Ist Halloween auch ein deutscher Feiertag?
Do people in Germany celebrate Halloween?

我想參加慕尼黑的啤酒節。
Ich möchte das Münchener Oktoberfest besuchen.
I want to visit the Oktoberfest in Munich.

這裡當地的節慶在什麼時候?
Wann gibt es hier lokale Feste?
When are some local festivals?

聊聊天氣
Über das Wetter reden

02-10

天氣真暖 / 冷 / 熱 / 好 / 壞。
Das Wetter ist warm / heiß / kalt / schön / schlecht.
The weather is warm / hot / cold / nice / bad.

天氣太冷 / 熱!
Es ist zu heiß / kalt!
It is too hot / cold!

明天的天氣會怎麼樣?
Wie wird das Wetter morgen?
How will the weather be tomorrow?

空氣乾燥且氣候宜人。
Es ist wenig feucht und angenehm.
The air is dry and it feels good.

但願天氣會很好!
Hoffentlich ist das Wetter schön!
I hope the weather will be nice!

好像快要下雨了。
Es sieht nach Regen aus.
It looks like rain.

氣象預報說高溫有 35 度。
Der Wetterbericht sagt, dass es 35 Grad Celsius heiß wird.
According to the weather forecast we will get 35 degrees celsius.

明天好像會⋯⋯。
Morgen wird es wohl...
Tomorrow will probably be...

實用字彙

下雨	陰天	晴天
regnen	**bewölkt sein**	**sonnig**
raining	cloudy	sunny
下雪	打雷	有暴風雨
schneien	**donnern**	**Gewitter geben**
snowing	thunderous	there will be storms

聊聊運動
Über Sport reden

02-11

你 / 您喜歡運動嗎？
Magst du Sport? / Mögen Sie Sport?
Do you like sports?

是的，很喜歡。/ 不，沒有這麼喜歡。
Ja, sehr gerne. / Nein, nicht so gerne.
Yes, very much. / No, not so much.

我愛足球 / 游泳 / 馬拉松。
Ich liebe Fußball / Schwimmen / Marathonlaufen.
I love soccer / swiming / marathons.

你 / 您有最喜歡的足球俱樂部嗎？
Hast du einen Lieblings-Fußballverein? / Haben Sie einen Lieblings-Fußballverein?
Do you have a favorite soccer team?

你有沒有跑過馬拉松？/ 您有沒有跑過馬拉松？
Hast du schon einmal einen Marathon gelaufen? /
Haben Sie schon einmal einen Marathon gelaufen?
Have you ever run a marathon?

我最喜歡的男性運動員是……/ 我最喜歡的女性運動員是……
Mein Lieblingssportler ist... / Meine
Lieblingssportlerin ist...
My favorite sportsperson is...

附近有健身俱樂部嗎？
Gibt es in der Nähe einen Fitnessclub?
Is there a gym close by?

實用字彙

網球
Tennis *(n.)*
tennis

羽毛球
Federball *(m.)*
shuttlecock

棒球
Baseball *(m.)*
baseball

桌球
Tischtennis *(n.)*
table tennis

高爾夫球
Golfspielen *(n.)*
golfing

慢跑
Joggen *(n.)*
jogging

手球
Handball *(m.)*
handball

籃球
Basketball *(m.)*
basketball

滑雪
Skifahren *(n.)*
skiing

射箭
Bogenschießen *(n.)*
archery

排球
Volleyball *(n.)*
volleyball

壁球
Squash *(n.)*
squash

聊聊興趣
Über Hobbys reden

你 / 您的興趣是什麼？
Was sind deine / Ihre Hobbys?
What are your hobbies?

我喜歡與朋友聊天和逛街。
Ich plaudere gerne mit Freunden und gehe shoppen.
I like to talk to friends and go shopping.

你周末都做些什麼事？
Was machst du am Wochenende?
What are you doing on the weekend?

我喜歡騎自行車 / 旅遊 / 看電影 / 集郵。
Ich mag Radfahren / Reisen / Kino / Briefmarkensammeln.
I like cycling / traveling / movies / collecting stamps.

我們有相同的喜好。
Wir haben die gleichen Vorlieben.
We have similar interests.

實用字彙

散步	閱讀	玩線上遊戲
Spaziergang *(m.)*	**Lesen** *(n.)*	**Online-Games** *(pl.)*
walking	reading	online games
電影	聽音樂	網路購物
Film *(m.)*	**Musikhören** *(n.)*	**Online-Shopping** *(n.)*
movie	listening to music	online shopping

聊聊流行與名人
Über Bekanntes und Beliebtes reden

02-13

在德國流行哪些品牌？
Welche Marken sind in Deutschland beliebt?
Which brands are popular in Germany?

就是這個品牌嗎？
Ist diese Marke gut?
Is this brand good?

目前流行什麼音樂？
Welche Musik ist momentan beliebt?
At the moment, what kind of music is popular?

在台灣，這音樂很受歡迎。
Diese Musik ist in Taiwan sehr populär.
This music is very popular in Taiwan.

在台灣，很多人都喜歡韓國時尚。
In Taiwan mögen viele Leute koreanische Mode.
In Taiwan, many people really like Korean fashion.

這個人有名嗎？這是誰？
Ist diese Person bekannt? Wer ist das?
Is this person famous? Who is this?

在台灣，大家都知道貝多芬。
In Taiwan wissen die Menschen, wer Beethoven war.
In Taiwan people know who Beethoven was.

哪一家商店特別熱門？
Welcher Laden ist besonders angesagt?
Which shop is especially popular?

德國的知名行李箱在台灣很受歡迎。

Bekannte deutsche Koffermarken sind in Taiwan sehr beliebt.

Famous German suitcase brands are very popular in Taiwan.

我不知道有什麼有名的德國人。

Ich kenne gar keine berühmten Deutschen.

I absolutely don't know any famous Germans.

你 / 您聽過有名的台灣流行歌手嗎？

Haben Sie / Hast du schon einmal einen Popstar aus Taiwan gehört?

Have you ever listened to famous Taiwanese popstars?

實用字彙

電影導演
Filmregisseur *(m.)*
Film director

運動選手
Sportler *(m.)*
Athlete

音樂家
Musiker *(m.)*
Musician

政治家
Politiker *(m.)*
Politician

搖滾樂
Rock-Musik *(f.)*
Rock music

流行樂
Popmusik *(f.)*
Pop music

電子音樂
Technomusik *(f.)*
Techno music

爵士樂
Jazz *(m.)*
Jazz

設計師
Designer *(m.)*
Designer

舞蹈家
Tänzer *(m.)*
Dancer

古典音樂
Klassische Musik *(f.)*
Classical music

聊聊工作
Über Arbeit und Beruf sprechen

02-14

你 / 您從事什麼工作？
Was machen Sie beruflich?
What is your job?

我是學生 / 老師 / 上班族 / 家庭煮夫。
Ich bin Student / Lehrer / Angestellter / Hausmann.
I'm a student / teacher / office worker / stay-at-home dad.

我退休了。
Ich bin pensioniert.
I am a pensioner.

我很喜歡我的工作。
Meine Arbeit macht mir Spaß.
I love my work.

我的工作讓我非常緊張 / 沉悶。
Meine Arbeit ist sehr anstrengend / langweilig.
My job is really demanding / boring.

實用字彙

記者
Reporter *(m.)*
journalist

計程車司機
Taxifahrer *(m.)*
taxi driver

公務員
Beamter *(m.)*
public servant

律師
Rechtsanwalt *(m.)*
lawyer

醫生
Arzt *(m.)*
medical doctor

歌手
Sänger *(m.)*
singer

護士
Krankenschwester *(f.)*
nurse

編輯
Verleger *(m.)*
editor

聊聊家庭
Über die Familie sprechen

02-15

你家有幾個人？
Wie groß ist deine Familie?
How big is your family?

我家有四個人。
In meiner Familie gibt es vier Personen.
There are four people in my family.

您的父親從事什麼工作？
Was macht Ihr Vater beruflich?
What does your father do for a living?

他是記者。
Er ist Journalist.
He is a journalist.

您的母親從事什麼工作？
Was macht Ihre Mutter beruflich?
What does your mother do for a living?

她是中學老師。
Sie ist Mittelschullehrerin.
She is a middle school teacher.

我是獨生子 / 獨生女。
Ich bin Einzelkind.
I am a single child.

我很想念我的家人。
Ich vermisse meine Familie sehr.
I miss my family very much.

我還和父母一起住。
Ich wohne noch bei meinen Eltern.
I'm still living with my parents.

在德國，年輕人通常不想與父母同住。
In Deutschland wollen junge Menschen meist nicht bei ihren Eltern wohnen.
In Germany, young people mostly don't want to stay at their parents' place.

爸爸
Vater *(m.)*
father

媽媽
Mutter *(f.)*
mother

祖父 / 外公
Großvater *(m.)*
grandfather

祖母 / 外婆
Großmutter *(f.)*
grandmother

兒子
Sohn *(m.)*
son

女兒
Tochter *(f.)*
daughter

孫子
Enkel *(m.)*
grandson

孫女
Enkelin *(f.)*
granddaughter

丈夫
Ehemann *(m.)*
husband

妻子
Ehefrau *(f.)*
wife

哥哥
älterer Bruder *(m.)*
older brother

姊姊
ältere Schwester *(f.)*
older sister

弟弟
jüngerer Bruder *(m.)*
younger brother

妹妹
jüngere Schwester *(f.)*
younger sister

聊聊愛情
Über Liebe sprechen

02-16

我愛你。/ 你愛我嗎？
Ich liebe dich. / Liebst du mich?
I love you. / Do you love me?

你單身嗎？
Bist du Single?
Are you single?

我已經結婚了。
Ich bin verheiratet.
I'm already married.

我有男朋友。我有女朋友。
Ich habe einen Freund. / Ich habe eine Freundin.
I have a boyfriend. / I have a girlfriend.

遠距離戀愛是非常困難的。
Fernbeziehungen sind sehr schwierig.
Long-distance relationships are difficult.

聊聊寵物
Über Haustiere reden

02-17

我有養一隻狗 / 貓。
Ich habe einen Hund / eine Katze.
I have a dog / cat.

牠叫什麼名字？
Was ist sein Name?
What is its name?

你有什麼寵物？/ 您有什麼寵物嗎？
Hast du Haustiere? / Haben Sie Haustiere?
Do you have any pets?

不，我沒有寵物。
Nein, ich habe keine Haustiere.
No, I don't keep pets.

我對寵物過敏。
Ich bin allergisch gegen Tierhaare.
I'm allergic to animal hair.

在德國養寵物很昂貴嗎？
Ist es in Deutschland teuer, ein Haustier zu halten?
Is it expensive to keep a pet in Germany?

實用字彙

兔子
Hase *(m.)*
rabbit

鳥
Vogel *(m.)*
bird

雪貂
Frettchen *(n.)*
ferret

天竺鼠
Meerschweinchen *(n.)*
guinea pig

刺蝟
Igel *(m.)*
hedgehog

魚
Fisch *(m.)*
fish

烏龜
Schildkröte *(f.)*
turtle

熱帶魚
Tropenfisch *(m.)*
tropical fish

蜥蜴
Eidechse *(f.)*
lizard

聊聊吃喝
Über Essen und Trinken reden

02-18

台灣小吃便宜又美味。
Taiwanesische Imbisse sind günstig und lecker.
Taiwanese convenience food is cheap and delicous.

珍珠奶茶是台灣名產。
Taiwan ist bekannt für Bubble Tea.
Taiwan is famous for Bubble Tea.

這裡有什麼傳統的美味呢？
Gibt es hier besondere Spezialitäten?
Are there any special delicacies one should try?

我愛吃沙拉 / 德國豬腳 / 比薩。
Ich esse gerne Salat / deutsche Schweinshaxe / Pizza.
I love eating salad / German pork knuckle / pizza.

我在德國應該吃 / 喝什麼呢？
Was sollte ich in Deutschland essen / trinken?
What should I eat / drink in Germany?

你 / 您推薦哪一道菜？
Was kannst du / können Sie empfehlen?
What can you recommend?

實用字彙

日本料理
japanische Speisen
Japanese cuisine

法國菜
französisches Essen
French cuisine

義大利麵
italienische Nudeln
Italian pasta

結束談話和道別
Verabschiedung und Abschiedsworte

`02-19`

希望我們有機會再見。
Hoffentlich sehen wir uns wieder.
I hope we'll have a chance to meet again.

保持聯絡。
Wir bleiben in Kontakt.
Let's keep in contact.

我們交換 E-mail 吧！
Lass uns E-Mail-Adressen austauschen!
Let's exchange e-mail addresses!

你有臉書 / 推特 / Instagram 帳號嗎？
Benutzt du Facebook / Twitter / Instagram?
Are you using Facebook / Twitter / Instragram?

可以加你好友嗎？
Kann ich dich als Freund hinzufügen?
Can I add you as a friend?

歡迎你 / 您來台灣玩。
Ich hoffe, Sie besuchen einmal Taiwan.
I hope, you will visit Taiwan in the future.

祝你 / 您假期愉快！
Schöne Ferien!
Happy holidays!

第3章

交通
Transport
Transportation

靈活運用德國發達的鐵路運輸，
自由行遍德國的市內與郊外吧！
或體驗一下世界知名的無限速高速公路，
挑戰一下長距離的兜風也不錯！

機場
Flughafen

距離緬因茲最近的機場在哪裡？
Welcher Flughafen liegt am nächsten bei Mainz?
What's the nearest airport to Mainz?

請到法蘭克福機場。我要到國際線航廈。
Zum Flughafen Frankfurt, bitte. Zum internationalen Terminal, bitte.
To Frankfurt Airport, please. To the international terminal, please.

請問報到櫃台在哪裡？
Wo ist der Check-in-Schalter?
Where's the check-in counter?

請問坐到市區的電車要在哪裡搭呢？
Wo kann ich den Zug zur Stadt nehmen?
Where can I get on the train for the city?

請問如果要到市區，搭計程車比較快，還是 S-Bahn 比較快？
Was ist schneller zur Stadt - Taxi oder S-Bahn?
Which is faster to the city, taxi or S-bahn?

請問坐到市區需要多少錢呢？
Wie teuer ist es bis in die Stadt?
How much is it to the city?

實用字彙

飛機
Flughafen *(m.)*
airport

航廈
Flughafen-Terminal *(m.)*
airport terminal

航班
Flug *(m.)*
flight

抵達 / 入境
Ankunft *(f.)* **/ Einreise** *(f.)*
arrival / immigration

海關
Zoll *(m.)*
customs

出發 / 離境
Abflug *(m.)* **/ Ausreise** *(f.)*
departure / leaving

簽證
Visum *(n.)*
visa

護照
Reisepass *(m.)*
passport

機票
Flugticket *(n.)*
flight ticket

登機門
Boarding-Gate *(n.)*
boarding gate

登機證
Boarding-Pass *(m.)*
boarding pass

行李推車
Gepäckwagen *(m.)*
luggage cart

關於機場交通

　　從法蘭克福機場到市區的交通方式：S-Bahn（連接都市與近郊的捷運）是非常便利的交通工具。S8、S9 路線每隔 15 分鐘一班，大約 10 分鐘就可以到市中心了。如果搭乘計程車到法蘭克福市中心，大約需要 20 歐元車資，時間約 20 分鐘。

　　從慕尼黑機場到市區，S-Bahn 可以搭 S1、S8 路線，大約 30～40 分鐘。搭巴士到中央車站大約需要 50 分鐘。

報到櫃台
Am Check-in-Counter

03-02

我在找自助報到機。
Ich suche den Self-Check-in-Counter.
I am looking for the self check-in counter.

您好，我們要到慕尼黑。
Guten Tag. Wir möchten nach München.
Good afternoon. We would like to travel to Munich.

您要托運行李嗎？經濟艙的行李限重是 20 公斤。
Wollen Sie Gepäck aufgeben? Das Gepäckgewicht für die Economy Class ist auf 20 Kilo beschränkt.
Do you want to check in any baggage? The baggage weight limit for the economy class is 20 kilograms.

您的行李超重了。
Ihr Gepäck hat Übergewicht.
Your baggage is overweight.

超重的部分要付多少錢？
Wie viel muss ich für das Übergewicht zahlen?
How much are the overweight fees?

可以給我們坐在一起的位置嗎？
Können Sie uns Plätze geben, so dass wir beieinander sitzen können?
Can you give us seats so that we can sit together?

往慕尼黑 245 號班機在 8 號登機門登機。
Für Flug 245 nach München ist das Boarding am Gate 8.
For flight 245 to Munich the boarding is at Gate 8.

有……的位子嗎？
Gibt es Plätze mit...
Are there seats with...

實用字彙

靠窗
am Fenster
at the window

靠走道
am Gang
aisle

第一排
erste Reihe
first row

靠前排
in einer vorderen Reihe
in one of the first rows

靠後排
in einer hinteren Reihe
in a rear row

逃生口旁
am Notausgang
at the emergency exit

出境審查
Passkontrolle

03-03

請出示您的護照和登機證。
Bitte zeigen Sie Ihren Pass und Bordkarte.
Please show your passport and boarding pass.

請拿出電子產品並放在籃子裡。
Bitte legen Sie elektronische Geräte in den Korb.
Please put electronic devices in the basket.

請脫掉鞋子和皮帶。
Bitte ziehen Sie Ihre Schuhe aus und legen Ihren Gürtel ab.
Please remove your shoes and your belt.

這個可以帶上飛機嗎？
Kann ich das mit ins Flugzeug nehmen?
Can I take this with me on the plane?

這包是您的嗎？
Gehört dieses Paket Ihnen?
Is this package yours?

我的行李就這些。
Das ist mein ganzes Gepäck.
This is all the luggage I have.

旅途愉快。
Gute Reise.
Have a good trip.

機艙服務
Bedienung im Flugzeug

03-04

請問我的機位在哪裡呢？
Wo ist mein Platz?
Where's my seat?

請繫好安全帶。
Bitte anschnallen.
Please fasten your seat belts.

可以換座位嗎？／可以解開安全帶了嗎？
Kann ich einen anderen Platz bekommen? / Können Sie den Gurt lösen?
Can I change my seat? / Can you open the safety belt for me?

請問你要魚肉還是牛肉？
Möchten Sie Fisch oder Rind?
Which would you like, fish or beef?

請給我牛肉。
Rind, bitte.
Beef, please.

可以給我一條毛毯和一杯溫開水嗎？
Können Sie mir einen Decke und ein Glas warmes Wasser geben?
Can you give me a blanket and a glass of warm water?

請問你們有中文報紙嗎？
Haben Sie chinesische Zeitungen?
Do you have any Chinese newspapers?

實用字彙

機長
Kapitän *(m.)*
captain

座艙長
Leitender Flugbegleiter *(m.)*
chief flight attendant

空服員
Flugbegleiter *(m.)*
flight attendant
(steward / stewardess)

頭等艙
Erste Klasse
First Class

商務艙
Business-Class
Business Class

經濟艙
Economy-Class
Economy Class

救生衣
Rettungsweste *(f.)*
rescue west

耳機
Kopfhörer *(m.)*
headphones

枕頭
Kissen *(n.)*
pillow

眼罩
Schlafmaske *(f.)*
sleep mask

咖啡 / 紅茶
Kaffee *(m.)* **/ Schwarztee** *(n.)*
coffee / black tea

兒童餐
Kindergericht *(n.)*
children's meal

您此行的目的為何？
Was ist der Zweck Ihrer Reise?
What is the purpose of your visit?

我是來出差 / 觀光。
Ich bin auf Geschäftsreise / als Tourist hier.
I am on a business trip / here as a tourist.

您要在德國待多久？
Wie lange bleiben Sie in Deutschland?
How long do you plan to stay in Germany?

兩個星期。這是我的回程機票。
Zwei Wochen. Hier ist mein Rückflugticket.
Two weeks. Here is my return flight ticket.

這期間您會居住在哪裡？
Wo wohnen Sie in dieser Zeit?
Where do you stay during this time?

這排隊伍是給歐洲公民專用的。
Diese Reihe ist speziell für europäische Bürger.
This line is specifically for European citizens.

這排隊伍是給持其他護照的旅行者。
Diese Reihe ist für Reisende mit anderen Reisepässen.
This line is for travelers with other passports.

05 SEPTEMBER 2012

行李領取
Gepäckausgabe

03-06

我的行李還沒出來。
Mein Gepäck ist nicht herausgekommen.
My luggage did not come out.

我的行李箱出來時壞掉了。
Mein Gepäck war beschädigt, als es herausgekommen ist.
My luggage was damaged when it came out.

我少了一件行李。
Eines meiner Gepäckstücke fehlt.
One of my pieces of luggage is missing.

海關檢查
Zollkontrolle

03-07

你有沒有東西需要申報？
Haben Sie etwas zu verzollen?
Do you have anything to declare?

沒有，我沒有需要申報的東西。
Nein, ich habe nichts zu verzollen.
No, I have nothing to declare.

你有攜帶菸酒類物品嗎？
Haben Sie Zigaretten oder Alkohol dabei?
Do you have cigarettes or alcohol with you?

這背包裡有什麼？
Was ist in Ihrem Rucksack?
What's in your backpack?

平板電腦
Tablet-Computer *(m.)*
tablet computer

筆電
Notebook-Computer *(m.)*
notebook computer

錢包
Geldbörse *(f.)*
wallet

轉機
Umsteigen

`03-08`

請問轉機櫃台在哪裡？
Wo ist der Umsteigeschalter?
Where is the connecting flight desk?

飛往法蘭克福的飛機的登機門在哪裡？
Wo ist das Boarding-Gate des Fluges nach Frankfurt?
Where is the boarding gate for the flight to Frankfurt?

我錯過了轉機航班。
Ich habe meinen Anschlussflug verpasst.
I have missed my connecting flight.

下一班飛漢堡的班機是幾點起飛？
Wann fliegt das nächste Flugzeug nach Hamburg?
When is the next flight to Hamburg?

兌換外幣
Geld wechseln

03-09

請問哪裡可以兌換外幣？
Wo kann ich ausländische Währung umtauschen?
Where can I exchange foreign currency?

美金換歐元匯率是多少？要收手續費嗎？
Wie ist der Wechselkurs beim Tausch von US-Dollar in Euro? Fallen Bearbeitungsgebühren an?
What is the exchange rate when exchanging US dollars into Euros? Do you charge processing fees?

可以幫我把這 1000 美元換成歐元嗎？
Können Sie diese eintausend US-Dollar in Euro umtauschen?
Can you exchange these one thousand dollars into euros?

我需要 5 歐元和 10 歐元的鈔票。請多換一些零錢。
Ich möchte Fünf- und Zehn-Euro-Scheine. Und tauschen Sie bitte auch etwas Kleingeld ein.
I want five and ten Euro bills. Please also exchange some small money.

我需要在收據上簽名嗎？
Muss ich auf der Quittung unterschreiben?
Do I have to sign on the receipt?

自動售票機
Am Fahrkartenautomat

03-10

機器看來非常複雜。你能幫我嗎？
Der Automat ist sehr kompliziert. Können Sie mir helfen?
The machine is very complicated. Can you help me?

我想要到慕尼黑的中央車站。
Ich möchte zum Hauptbahnhof in München.
I would like to go to the Munich main station.

是否可以將機器設定為英語？
Kann man den Automaten auf Englisch einstellen?
Is it possible to set the machine to English?

零錢沒有出來。
Es kommt kein Wechselgeld heraus.
The change doesn't come out.

自動售票機壞了。我買錯票了。
Der Fahrkartenautomat ist kaputt. Ich habe eine falsche Fahrkarte gekauft.
The ticket machine is broken. I bought the wrong ticket.

實用字彙

目的地車站
Zielbahnhof *(m.)*
destination station

大人
Erwachsener *(m.)*
adult

小孩
Kleinkind *(n.)*
small child

車票
Zugticket *(n.)*
train ticket

單程票
einfache Fahrkarte *(f.)*
one way ticket

來回票
Hin- und Rückfahrticket *(n.)*
round trip ticket

旅客諮詢中心
Reisezentrum

03-11

　　旅客諮詢中心通常設在機場或市中心等地，而且有一個「i」的標記。除了提供一般旅遊資訊，也有許多旅客諮詢中心還提供車票販售或旅館預約服務。

我可以在這裡買歌劇的票嗎？
Kann ich hier Opernkarten kaufen?
Can I buy opera tickets here?

哪裡的旅館還有空房？可以請你幫我預約嗎？
Wo gibt es noch Hotels mit freien Zimmern? Können Sie für mich reservieren?
Where can I find hotels with free rooms? Can you book for me?

你們有市區地圖嗎？
Haben Sie einen Stadtplan?
Do you have a city map?

火車
Züge

03-12

到科隆的城際火車是哪一班？
Welcher Intercity fährt nach Köln?
Which Intercity train stops in Cologne?

搭往柏林的月台是哪一個？
Von welchem Gleis geht der Zug nach Berlin ab?
From which platform departs the train to Berlin?

下一班到漢堡的車什麼時候開？
Wann geht der nächste Zug nach Hamburg?
When is the next train to Hamburg?

下一個停靠站是哪裡呢？
Was ist die nächste Station?
What is the next station?

城際高速火車 (IC)
Intercityzug *(m.)*
Intercity

城際超高速火車 (ICE)
Intercityexpresszug *(m.)*
Inter City Express

停靠多站的長距離火車 (IR)
Interregio *(m.)*
Interregio type train

近郊路線的本地火車 (RB)
Regional-Bahn *(f.)*
regional train

近郊路線的快速火車 (RE)
Regional-Express
Regional Express train

歐洲城際快車 (EC)
Eurocity *(m.)*
Euro City train

連接城市與近郊的區間捷運 (S-Bahn)
Stadtbahn *(f.)*
light-rail system

城市內部區間通勤車 (SE)
Stadt-Express *(m.)*
inner city express rail

實用句型：我想要買⋯⋯張⋯⋯月⋯⋯日到⋯⋯的票。

我想要買⋯⋯張⋯⋯月⋯⋯日到⋯⋯的票。
Ich möchte...Tickets für das Datum [Tag / Monat] kaufen.
I would like to buy... tickets for the date [day / month].

實用字彙

一（張）
ein (Ticket)
one (ticket)

三（張）
drei (Tickets)
three (tickets)

四（張）
vier (Tickets)
four (tickets)

科隆
Köln
Cologne

漢堡
Hamburg
Hamburg

五月一日
erster Mai
May first

明天下午
morgen Nachmittag
tomorrow afternoon

本周六
diesen Samstag
this Saturday

誤點
Verspätungen und Unfälle

03-13

　　當列車誤點而沒有辦法順利接駁下一班車時，可以向站務人員反應，有時可獲得退票，即使沒辦法現金退費，也有可能獲得下次搭乘時可使用的優待券。

出發時間會比較晚。
Die Abfahrtszeit wird relativ spät.
The departure time will be relatively late.

為什麼會出現誤點？
Wieso gibt es eine Verspätung?
Why is there a delay?

如果我錯過接駁車，該怎麼辦？
Was mache ich, wenn ich meinen Anschluss verpasse?
What do I do if I miss my connection?

還需要多久時間呢？
Wie lange dauert es denn noch?
How long does it take?

有個意外。會晚 20 分鐘發車。
Es gab einen Unfall. Die Abfahrt verspätet sich um zwanzig Minuten.
There was an accident. Departure is delayed by twenty minutes.

我可以更換……嗎？
Kann ich...ändern?
Can I change...?

實用字彙

日期	時間	座位
Datum (n.)	**Zeit** (f.)	**Platz** (m.)
date	time	seat
車廂	去程	回程
Wagen (m.)	**Hinfahrt** (f.)	**Rückfahrt** (f.)
carriage	outbound trip	return trip

歐洲特選聯營國鐵票
Eurail Pass

03-14

在哪裡可以買到聯營國鐵票？
Wo kann ich einen Eurailpass kaufen?
Where can I buy a Eurailpass?

我有一張聯營國鐵票。可以在這種火車上用嗎？
Ich habe einen Eurailpass. Gilt der auch für diesen Zug?
I have a Eurailpass. Is it also valid for this train?

利用聯營國鐵票可以暢遊整個歐洲真棒。
Es ist toll, mit dem Eurailpass durch ganz Europa zu reisen.
It's great to be able to travel with the Eurailpass throughout Europe.

聯營國鐵票最划算。
Der Eurailpass ist sehr günstig.
The Eurailpass is very economical.

我正在周遊歐洲各國。

Ich reise durch verschiedene europäische Länder.

I travel through different European countries.

實用字彙

頭等車廂
erste Klasse *(f.)*
First Cass

二等車廂
zweite Klasse *(f.)*
Second Class

有效期限
Gültigkeitsdauer *(f.)*
period of validity

開放的車廂
Abteil mit freier Sitzwahl
carriage with free seating

四人車廂
Vier-Personen-Abteil *(n.)*
four-person compartment

安靜區
Ruhezone *(f.)*
quiet zone

註 持有歐洲特選聯營國鐵票，可以在有加盟國鐵聯營的數個國境內通行搭乘，詳情可上網查詢：
http://www.eurail.com/eurail-passes

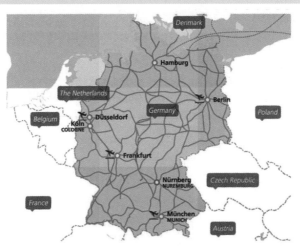

✈ 德國主要城市鐵路圖

德國鐵路通票
German Rail Pass

03-15

使用德國鐵路通票可以在一個月期限之內享受 4～10 天的國內路線搭乘服務。未滿 25 歲的民眾可以使用青年票（German Rail Youth Pass），兩位成人同行可以使用雙人票（German Rail Twin Pass）以享更多優惠。開始使用車票的第一天一定要到車站的窗口告知啟用，讓服務員在車票上蓋上戳章。後續的搭乘日期只需在搭乘當日，在通票的登記欄上自行註記日期即可。

我有一張德國鐵路通票。
Ich habe einen German Rail Pass.
I have a German Rail Pass.

只有遊客能使用德國鐵路通票。
Nur Touristen können den German Rail Pass benutzen.
Only tourists can use the German Rail Pass.

德國鐵路通票在 ICE（特高速列車）也有效嗎？
Gilt der German Rail Pass auch für ICEs?
Is the German Rail Pass valid for ICEs?

你可以替我的德國鐵路通票開票嗎？
Können Sie meinen German Rail Pass aktivieren?
Can you activate my German Rail Pass?

從今天開始使用 7 天，二等艙，謝謝。
Zur Benutzung ab heute für sieben Tage und für die zweite Klasse. Danke schön.
For use starting from today for seven days and for use in the second class. Thank you very much.

實用字彙

查票
Fahrkartenkontrolle *(f.)*
ticket inspection

啟用戳章
Entwertungsstempel *(m.)*
cancellation stamp

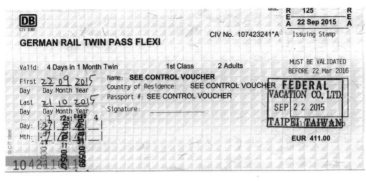

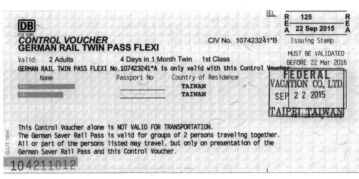

✗ 此為德國鐵路 DB 火車的車票

預約座位
Platzreservierungen

`03-16`

　　搭乘火車時，座位上標示 Reserviert 是指預約席，Nicht Reserviert 是自由席。此外，在旺季搭乘，一定要記得事先預約！如果要搭乘長程火車，或要在星期五、星期日下午、連假或暑假中搭乘，也一定要提早預約喔！

這座位有人預約了嗎？這是自由座嗎？
Ist dieser Platz reserviert? Kann man sich frei hinsetzen?
Is this place reserved? Can are the seats here non-reserved?

我要一張禁菸車廂的靠窗坐位。
Ich möchte einen Platz am Fenster in einem Nichtraucherabteil.
I want a seat at the window in a non-smoking section.

取消預約
Reservierungen stornieren

03-17

我想要取消預約。可以退費嗎？
Ich möchte eine Reservierung stornieren. Wird das Geld zurückerstattet?
I would like to cancel a reservation. Will you refund the money to me?

取消預約需要付手續費？
Muss ich eine Stornierungsgebühr zahlen?
Do I have to pay a cancellation fee?

取消預約需要在幾天以前通知呢？
Bis wann muss ich Sie über eine Stornierung informieren?
Until when do I have to inform you about a cancellation?

可以等候補席位嗎？
Kann ich auf eventuell freiwerdende Sitze warten?
Can I wait for seats to be released?

驗票
Ticketkontrolle

03-18

請出示車票。
Bitte zeigen Sie Ihr Ticket.
Please show your ticket.

您必須補足差額。
Sie müssen den Unterschied bezahlen.
You must pay the difference.

我忘了開票。
Ich habe vergessen, das Ticket zu entwerten.
I forgot to validate the ticket.

實用字彙

查票員
Kontrolleur *(m.)*
ticket conductor

罰金
Strafe *(f.)*
fine

空位
freier Platz *(m.)*
free seat

超額訂位
Überbuchung *(f.)*
overbooking

無劃位
nicht-festgelegte Plätze *(pl.)*
non-designated seats

客滿
voll belegt
fully occupied

03-19

請告訴我 1 號車廂在哪裡？
Können Sie mir sagen, wo Abteil Nummer 1 ist?
Can you tell me where the compartment number 1 is?

車廂的燈壞了。
Das Licht in diesem Abteil funktioniert nicht.
The light in this compartment does not work.

可以給我非吸煙車廂的座位嗎？
Kann ich einen Platz im Nichtraucherabteil bekommen?
Can I get a seat in a non-smoking compartment?

這裡是禁菸區嗎？
Ist dies der Nichtraucherbereich?
Is this the non-smoking area?

餐車在哪裡？可以跟你要份菜單嗎？
Wo ist der Speisewagen? Die Speisekarte, bitte!
Where is the dining car? May I have the menu, please?

餐點可以幫我送到座位上嗎？
Können Sie mir mein Essen zum Platz bringen?
Can you bring the food to my seat?

這座位有人坐嗎？/ 我想你恐怕坐到我的位子了。
Ist dieser Platz noch frei? / Ich glaube, Sie sitzen auf meinem Platz.
Is this seat taken? / I'm afaird this is my seat.

餐車
Speisewagen *(m.)*
dining car

菜單
Speisekarte *(f.)*
menu

香菸
Zigarette *(f.)*
cigarette

菸灰缸
Aschenbecher *(m.)*
ashtray

禁菸座位
Nichtraucherplatz *(m.)*
non-smoking seat

吸煙座位
Raucherplatz *(m.)*
smoking-area seat

座位
Plätze

03-20

我要預訂一個座位。
Ich möchte einen Sitzplatz reservieren.
I'd like to reserve a seat.

我想要頭等 / 普通的座位。
Ich möchte einen Platz in der ersten Klasse / zweiten Klasse.
I want a seat in the first class / second class.

我們很抱歉，但所有座位都已經被預約了。
Entschuldigung, aber alle Plätze sind schon reserviert.
Sorry, but all seats are already reserved.

我找不到自己的座位。請幫我。
Ich finde meinen Sitzplatz nicht. Bitte helfen Sie mir.
I can not find my seat. Please help me.

我想要換座位。
Ich möchte den Platz wechseln.
I want to change seats.

地下鐵
U-Bahn

03-21

　　「U」標誌代表地下鐵，U1、U2、U3 代表路線編號。雖說是地下鐵，有很多都市裡的地鐵到了都市以外地區便露出地面行駛。地下鐵不需要驗票，旅客要上下車時，拉一下門把，或是按一下開關鈕就可以將車門打開。S-Bahn 和都市電車的車票也可以和 U-Bahn 共通使用。

最近的地鐵站在哪裡？
Wo ist die nächste U-Bahn-Station?
Where is the next subway station?

下一班的地鐵是什麼時候？
Wann kommt die nächste U-Bahn?
When does the next subway come?

最晚 / 最早的第一班地鐵什麼時候出發？
Wann fährt die letzte / erste U-Bahn?
When does the last / first subway go?

哪個方向往中央車站 / 機場？
In welche Richtung geht es zum Hauptbahnhof / Flughafen?
Which is the direction to the main train station / airport?

通往市集廣場的出口在哪裡呢？
Wo ist der Ausgang zum Marktplatz?
Where's the exit for Marktplatz?

一日票是多少錢？
Wieviel kostet eine Tageskarte für die U-Bahn?
How much does a day pass for the subway cost?

對遊客而言，什麼是最便宜的票呢？
Was ist das günstigste Ticket für Touristen?
What is the cheapest ticket for tourists?

我如何從這裡到「中央火車站」站？需要轉車嗎？
Wie komme ich von hier zur Station "Hauptbahnhof"?
Muss ich umsteigen?
How do I get from here to the station "Hauptbahnhof"?
Do I have to change trains?

我的票不能用。/ 我弄丟我的票。
Mein Ticket ist unbrauchbar. / Ich habe mein Ticket
verloren.
My ticket does not work. / I have lost my ticket.

坐到法蘭克福中央火車站需要多久的時間呢？
Wie lange ist es bis zum Hauptbahnhof Frankfurt?
How long is it to Frankfurt Central Station?

我該搭哪一班車呢？
Welchen Zug muss ich nehmen?
Which train do I have to take?

快速列車會停靠那一站嗎？
An welchen Bahnhöfen hält der Schnellzug?
At which stations does the express train stop?

實用句型：……在哪裡？

……在哪裡？
Wo ist...?
Where is...?

火車站
Bahnhof *(m.)*
train station

捷運站
Metro-Station *(f.)*
metro station

行李寄放處
Gepäckaufgabe *(f.)*
luggage storage

加油站
Tankstelle *(f.)*
gas station

旅客諮詢中心
Besucherinformation *(f.)*
tourist information

售票處
Kartenverkauf *(m.)*
ticket office

計程車招呼站
Taxistand *(m.)*
taxi stand

公車站
Busstation *(f.)*
bus station

停車場
Parkplatz *(m.)*
parking lot

城市卡 / 旅遊卡
Stadtticket / Reiseticket

03-22

　　城市卡和旅遊卡在主要都市的交通機關都有發行，是一種具有通用性質的市內交通券，有 24 小時、48 小時、72 小時等種類可供選擇。例如「柏林歡迎卡」、「漢堡卡」等就屬於「旅遊卡」的一種。卡片可在旅客諮詢中心或旅館買到。另外，旅遊卡無法在購買後立即使用，必須讓自動打卡機打上使用日期或時間資訊後才可以使用。

我要買城市卡（旅遊卡）。
Ich möchte ein Stadtticket (Reiseticket) kaufen.
I would like to buy a city ticket (travel ticket).

請問自動打卡機在哪裡？
Wo ist der Entwertungsautomat, bitte?
Where is the validation machine, please?

退還城市卡（旅遊卡）可以退還費用嗎？
Bekommt man bei der Rückgabe des Stadttickets (Reisetickets) den Preis zurückerstattet?
Is the price refunded when one returns the city ticket (travel ticket)?

搭公車
Mit dem Bus fahren

`03-23`

我應該在哪裡買車票？
Wo kann ich Busfahrkarten kaufen?
Where do I have to buy bus tickets?

有哪些路線呢？
Welche Strecken gibt es?
Which lines are there?

我要上車。/ 我要下車。
Ich steige ein. / Ich steige aus.
I'm getting on. / I'm getting off.

我想去大會堂 / 圖書館 / 童話街 15 號。我要在哪裡下車？
Ich will bis zum Rathaus / Bibliothek / Märchenweg 15. Wo muss ich aussteigen?
I want to go to the City Hall / Library / Märchenweg 15. Where do I have to get out?

還有幾站呢？
Wie viele Haltestellen sind es noch?
How many bus stops still to go?

司機會公布站名。請退後。
Der Fahrer wird den Namen der Haltestelle ankündigen. Treten Sie bitte zurück.
The driver will announce the name of the stop. Please stand back.

我錯過我的站了。請在這裡停車。
Ich habe meine Haltestelle verpasst. Bitte halten Sie hier an.
I missed my stop. Stop here, please.

實用句型：這班車……嗎？

這班車……嗎？
Dieser Bus...?
This bus...?

實用字彙

開往柏林
fährt in Richtung Berlin
heads for Berlin

會準時抵達
kommt pünktlich an
will arrive on time

有到（停靠）慕尼黑
geht bis (hält in) München
goes up to (stops at) Munich

是直達車
ist eine direkte Verbindung
is a direct connection

歐洲巴士
Europabusse

03-24

　　歐洲巴士可以在當地旅行社或位在中央火車站的德國鐵路旅遊中心預約。持有歐洲聯營國鐵票或德國鐵路通票的旅客還可獲得60%的折扣。歐洲巴士可說是欣賞浪漫的歐洲街道最便利的交通工具。

我有鐵路聯票。我是否有折扣？
Ich habe eine Eisenbahn-Verbundkarte. Gibt es damit einen Rabatt?
I have a railroad composite ticket. Can I get a discount?

我想要變更我之前的預約。
Ich möchte meine frühere Reservierung ändern.
I would like to change my previous reservation.

到達奧格斯堡時可以叫我一下嗎？
Können Sie mir Bescheid sagen, wenn wir in Augsburg sind?
Can you tell me when we are in Augsburg?

觀光巴士
Ausflugsbusse

03-25

有專門提供市區觀光搭乘的巴士嗎？
Gibt es spezielle Busse für Besichtigungen im Stadtgebiet?
Are there special buses for sightseeing in the city?

請問有哪些路線呢？我需要在哪裡買票？
Was für Strecken gibt es? Was für eine Fahrkarte muss ich kaufen?
Which routes are available? Which ticket do I have to buy?

搭計程車
Taxen

　　德國和我們的計程車文化不一樣，德國計程車不隨機在街上載客，一般都是在指定的場所，例如車站前、旅館前。

請（載我）到這個地址。
Bitte fahren Sie mich bis zu dieser Adresse.
Please drive me to this address.

這些行李是要放到後車廂的。
Dieses Gepäck kommt in den Kofferraum.
This luggage comes into the trunk.

就是這裡，謝謝。
Genau hier, danke.
Right here, thank you.

您可以幫我叫一輛計程車到機場嗎？
Können Sie mir bitte ein Taxi rufen, das mich zum Flughafen bringt?
Can you please call me a taxi to take me to the airport?

您可以明天早上八點來接我嗎？
Können Sie mich morgen früh um acht Uhr abholen?
Can you pick me up at eight in the morning?

這附近有計程車招呼站嗎？
Gibt es hier in der Nähe einen Taxistand?
Is there a taxi stand nearby?

坐到大教堂要花多少錢？
Wie teuer ist die Fahrt bis zum Dom?
How expensive is it to drive to the cathedral?

公用自行車
Mietfahrräder

03-27

是否有腳踏車出租？費用多少?
Gibt es hier einen Fahrradverleih? Wie teuer ist das?
Is there a bike rental? How much are the rental fees?

我的輪胎沒有氣了。你有沒有其他的腳踏車呢？
Mein Reifen hat keine Luft mehr. Haben Sie noch andere Fahrräder?
My tire has no air. Do you have any other bikes?

哪裡有自行車專用道？
Wo gibt es einen Fahrradweg?
Where is a bike lane?

騎到大教堂需要花多少時間？
Wie lange dauert es, bis zum Dom zu radeln?
How long does it take by bicycle to get to the cathedral?

這有防盜鎖嗎？我不確定車子有沒有鎖好。
Gibt es hier ein Fahrradschloss? Ich bin nicht sicher, ob das Fahrrad gut abgeschlossen ist.
Is there a bicycle lock? I'm not sure if the bike is well locked.

實用字彙

腳踏車出租站
Fahrradverleih-Station *(f.)*
bicycle rental station

自助租車機
Fahrrad-Selbstausleihgerät *(n.)*
bicycle self-rental

鎖車閘
Blockierbremse *(f.)*
blocking brake

人行道
Bürgersteig *(m.)*
sidewalk

租車
Mietwagen

03-28

我在台灣 / 網路已經預約租車了。
Ich habe in Taiwan / im Internet bereits einen Mietwagen reserviert.
I have already booked a rental car in Taiwan / online.

這是我的國際駕照。您還有自排車嗎？
Hier ist mein internationaler Führerschein. Haben Sie noch Autos mit automatischer Gangschaltung?
Here is my international driving license. Do you still have cars with automatic gearshifting available?

您要用幾天？
Wie viele Tage wollen Sie es nutzen?
How many days do you want to use it?

一星期。這價格有含保險嗎？
Eine Woche. Ist Versicherungsschutz im Preis inbegriffen?
One week. Is insurance coverage included in the price?

還車時油要加滿嗎？
Muss ich bei der Rückgabe des Autos den Benzintank volltanken lassen?
Do I have to refuel the gas tank when I return the car?

開車
Autofahren

03-29

我車開得不太好。
Ich kann nicht gut fahren.
I cannot drive well.

請不要開這麼快！/ 請快一點！
Bitte nicht so schnell! / Schneller bitte!
Not so fast! / Faster, please!

我迷路了。去慕尼黑 / 漢堡的最佳途徑是什麼？
Ich habe mich verfahren. Was ist die beste Strecke nach München / Hamburg?
I'm lost. What is the best route to Munich / Hamburg?

到機場的路上有塞車嗎？
Staut es sich vielleicht auf dem Weg zum Flughafen?
Are there traffic jams on the way to the airport?

我在趕時間。有沒有捷徑可以走？
Ich habe es eilig. Gibt es vielleicht eine Abkürzung?
I'm in a hurry. Is there a possible shortcut?

這個交通號誌是什麼意思？
Was bedeutet dieses Verkehrszeichen?
What does this traffic sign mean?

實用字彙

優先道路
Vorfahrtsstraße *(f.)*
priority road

施工
Baustelle *(f.)*
construction site

事故
Unfall *(m.)*
accident

禁止超車
Überholen verboten
no passing

禁止停車
Parken verboten
no parking

交流道
Autobahnkreuz *(n.)*
interchange

雨刷
Scheibenwischer *(m.)*
windscreen wiper

閃光燈
Blinker *(m.)*
turn signal

油箱蓋
Tankdeckel *(m.)*
fuel tank cap

休息站
Rastplätze

03-30

在高速公路上有好的休息站嗎？
Gibt es auf der Autobahnstrecke einen guten Rastplatz?
Is there a good rest area on the motorway route?

在這個休息站可以吃東西。
Auf diesem Rastplatz kann man etwas essen.
This resting place can get something to eat.

到了晚上，在高速公路休息區應該小心一點。
Am Abend sollte man auf Autobahnrastplätzen vorsichtig sein.
In the evening, you should be careful at highway rest areas.

這個高速公路休息區好嗎？
Ist dieser Autobahnrastplatz schön?
Is this highway rest stop nice?

到下一個休息站的距離還有多遠？
Wie weit ist es bis zum nächsten Rastplatz?
How far is it to the next rest area?

高速公路
Autobahnen

　　世界知名的德國高速公路是總長 11,000 公里的免費幹道,縱橫連結德國的各個主要都市。高速公路上僅部分路段有限速,對不習慣無限速行駛的人,建議以時速 130 公里左右的速度行進,不要勉強自己。切記遵守交通規則。

德國的高速公路非常有名。
Deutsche Autobahnen sind sehr berühmt.
German motorways are very famous.

真的沒有限速嗎?
Kann man wirklich ohne Geschwindigkeitsbegrenzung fahren?
Can you really drive without any speed limit?

不是所有的地方,但是許多路段可以。
Nicht auf allen Strecken, aber auf vielen.
Not on all motorway routes, but on many.

如果你不習慣高速行駛的話,最好不要超過時速 130 公里。
Wenn man hohe Geschwindigkeiten nicht gewohnt ist, sollte man am besten nur 130 km/h fahren.
If you are not used to high speeds, it is best to go no faster than around 130 km / h.

秋冬季很容易在高速公路上發生意外。
Im Herbst und Winter kommt es leicht zu Unfällen auf Autobahnen.
In Autumn and Winter, accidents happen easily on motorways.

高速公路的入口 / 出口是在這一邊嗎?
Ist die Auffahrt / Ausfahrt der Autobahn auf dieser Seite?
Is the driveway / exit of the highway on this side?

地圖
Kartenlesen

03-32

我們現在在哪裡？慕尼黑 / 漢堡要怎麼開？
Wo sind wir jetzt? Wo geht es bitte nach München / Hamburg?
Where are we right now? What is the direction to Munich / Hamburg?

最好使用 GPS 地圖或網路地圖服務。
Am besten nutzt man die GPS-Karte oder einen Internet-Service.
It is best to use a GPS map or an internet map service.

你可以設定英文 GPS 地圖嗎？
Könnten Sie die GPS-Karte auf Englisch einstellen?
Could you set the GPS map to English?

這個地名 / 路名怎麼說？
Wie spricht man diesen Ortsnamen / Straßennamen aus?
How do you pronounce these place names / street names?

加油站
Tankstellen

03-33

　　德國有很多加油站採自助加油的方式，所以最好把加油的方式學起來。加油站也有販賣一些簡單的零食或日用雜貨，由於加油站在其他商店打烊之後都還在營業，所以也被當作一般便利商店。

這附近有加油站嗎？
Gibt es hier in der Nähe eine Tankstelle?
Is there a petrol station nearby?

可以請您教我怎麼加油嗎？
Können Sie mir zeigen, wie man Benzin tankt?
Can you show me how to fill in petrol?

請把油箱加滿。
Bitte füllen Sie den Benzinkanister auf.
Please fill up the gasoline tank.

停車場
Parkplätze

03-34

　　德國對於路邊停車的取締相當嚴格。而且對於外國來的觀光客也是一視同仁，所以一定要把車子停放到適合的停車場中。

這邊可以停車嗎？
Kann man hier parken?
Can I park here?

這附近有投幣式停車場嗎？
Gibt es hier in der Nähe einen Parkplatz mit Münzeinwurf-Automaten?
Is there a parking lot with coin-operated machines nearby?

單軌電車
Einschienenbahnen

03-35

　　在杜塞道夫的近郊城市——烏帕塔爾有著世界上最古老的懸吊式電車 (Wuppertaler Schwebebahn)，至今仍為載客而奔馳，在多特蒙德稱之為 H-Bahn。

單軌火車的月台在哪裡？
Wo ist der Bahnsteig für die Einschienenbahn?
Where is the platform for the monorail?

我想要搭懸吊式電車。
Ich möchte mit der Schwebebahn fahren.
I want to ride the Suspension Railway.

觀光遊艇
Ausflugsboote

03-36

　　可以飽覽沿途古城或羅蕾萊岩等經典景點的萊茵河遊船，以萊茵河為中心據點。易北河上的佛羅倫斯——德勒斯登，則有暱稱為 Weiße Flotte（白色遊艇）的古典觀光船——易北河觀光船可以搭乘。

觀光遊艇的搭乘處在這一邊嗎？
Wo ist die Einstiegsstelle für das Rundfahrtboot?
Where is the boarding point for the sightseeing boat?

我現在搭得上（下一班）船嗎？
Nehme ich jetzt dieses (das nächste) Boot?
Do I have take this (the next) boat?

用鐵路聯票可以打折嗎？
Kann ich eine Vergünstigung mit einem Eisenbahn-Verbundticket bekommen?
Can I get a discount with a composite train ticket?

我的船艙在哪裡？
Wo ist meine Kabine?
Where is my cabin?

我暈船了。你有藥嗎？
Ich bin seekrank. Haben Sie Medizin für mich?
I am seasick. Do you have any medicine for me?

實用字彙

羅蕾萊
Loreley *(f.)*
Loreley

萊茵河
Rhein *(m.)*
River Rhine

易北河
Elbe *(f.)*
River Elbe

第 **4** 章

飲食
Essen und Trinken
Eating and Drinking

提起德國，大家馬上就會聯想到吃香腸配啤酒的畫面！
不過德國飲食可不只這些。
德國有各式各樣應用當地食材烹煮而成的佳餚，
所以，即使遇見第一次看到的料理，
也請踴躍地嘗試看看吧，
相信你一定會對德國料理大大改觀！

04-01

您好。我想預約。
Guten Tag. Ich möchte einen Tisch reservieren.
Hello. I'd like to reserve a table.

請問有幾位？什麼時候？
Für wie viele Personen? Und wann denn?
For how many people? And for when?

四位。明天晚上八點。
Vier Personen. Morgen Abend um acht Uhr.
Four persons. Tomorrow evening at eight'o clock.

請問大名？/ 請問貴姓？
Wie ist Ihr Name bitte?
What is your name, please?

我姓陳。
Ich heiße Chen.
My name is Chen.

我希望將明晚的預約改成後天。
Ich möchte die Reservierung für morgen Abend auf übermorgen verlegen.
I would like to change the reservation for tomorrow evening to the day after tomorrow.

我要取消預約 / 變更人數。
Ich möchte die Reservierung absagen. / die Zahl der Personen ändern.
I want to cancel the reservation / change the number of persons.

抵達餐廳
Ankunft im Restaurant

04-02

您有預約嗎？
Haben Sie reserviert?
Do you have a reservation?

有的，八點鐘姓陳，四位。
Ja, habe ich. Für acht Uhr auf den Namen Chen für vier Personen.
Yes, I have. For eight'o clock under the name Chen for four persons.

我要靠窗的座位。
Einen Tisch am Fenster, bitte.
I'd like a table by the window.

請跟我往這邊走。
Folgen Sie mir bitte.
Please come with me.

所有座位都已經客滿了。
Alle Tische sind schon besetzt.
Tables are full now.

沒有嗎？這樣您要等。
Nein? Dann müssen Sie warten.
No? Then you have to wait.

沒問題，我們可以等。/ 我們要等多久呢？
Gut, wir warten. / Wie lange müssen wir warten?
Ok, we'll wait. / How long will we have to wait?

營業時間
Betriebszeiten

04-03

　　德國餐廳的中餐一般從上午11點開始，晚餐從晚上 7 點開始；大城市裡的餐廳最後一次點餐時間通常是在晚上 9 點～10 點間，一般不會營業到太晚。

你們從幾點開始營業 / 幾點打烊呢？
Ab wann ist bei Ihnen geöffnet / schließen Sie?
When do you open / do you close?

幾點以前可以點餐？
Bis um wie viel Uhr kann man bei Ihnen Essen bestellen?
Until what time can I order food here?

我們在晚上 10 點以前接受最後的點餐。
Bis abends um zehn akzeptieren wir die letzte Bestellung zum Essen.
At ten p.m. we accept the last order for food.

你們星期六營業到幾點呢？
Bis um wie viel Uhr am Samstag haben Sie offen?
Until what time are you open on Saturdays?

點餐
Bestellen

04-04

你們有英文 / 中文菜單嗎？
Haben Sie eine Speisekarte in Englisch / Chinesisch?
Do you have an English / Chinese menu?

這道菜裡面有什麼？最受歡迎的是哪些菜？
Woraus ist dieses Gericht gemacht? Welches Gericht ist am beliebtesten?
What are the ingredients of this dish? Which dish is the most popular?

我想要點今日特餐。
Ich möchte das Tagesessen bestellen.
I want to order a dish of the day.

可以推薦我點清淡的東西嗎？
Können Sie mir etwas Mildes zum Bestellen empfehlen?
Can you recommend something mild for me to order?

請等一下。我還沒決定。
Einen Moment bitte. Ich habe mich noch nicht entschieden.
One moment, please. I haven't decided yet.

這不是我點的菜。
Das ist nicht, was ich bestellt habe.
This is not what I've ordered.

可以用餐到幾點呢？
Bis wann kann man hier essen?
Until what time can one eat here?

可以推薦我點……的東西嗎？
Können Sie mir[...]empfehlen?
Could you recommend something...?

實用字彙

新 / 簡單
neu / einfach
new / simple

重口味
würzig
with intense flavor

有趣
interessant
interesting

特別
besonders
special

在地
lokal
lokal

更便宜
günstiger
cheaper

菜單常見字
Häufig gebrauchte Wörter auf Speisekarten

04-05

套餐
Tagesgericht
daily special

單點
à la carte
a la carte

餐前酒
Aperitif
aperitif

前菜
Vorspeise
appetizer

沙拉
Salat
salad

主菜
Hauptgericht
main dish

甜點
Nachtisch
dessert

湯
Suppe
soup

今日特餐
Tagesgericht
dish of the day

肉類料理
Fleischgerichte
meat dishes

午餐菜單
Mittagstisch
lunch menu

雞肉
Huhn
chicken

羊肉
Ziegenfleisch
goat meat

牛肉
Rindfleisch
beef

豬肉料理
Schweinefleischgerichte
pork dishes

素食料理
Vegetarische Gerichte
vegetarian dishes

> 🛫 在肉類料理豐富的德國，以豬肉做為食材的料理種類相當多。慕尼黑市中心的 Haxbauer 是著名的德國豬腳名店。

✈ 蔬菜 Gemüse

花椰菜
Blumenkohl
cauliflower

青花菜
Brokkoli
broccoli

馬鈴薯
Kartoffeln
potatoes

芹菜
Sellerie
cellery

蘆筍
Spargel
asparagus

波菜
Spinat
spinach

香菇
Champignons
mushrooms

豌豆
Erbsen
peas

洋蔥
Zwiebeln
onions

玉米
Mais
corn

胡蘿蔔
Karotte
carrot

青椒
Paprika
bell peppers

✈ 魚類料理 Fischgerichte

鱒魚
Forelle
trout

鯡魚
Hering
herring

鮭魚
Lachs
salmon

鱈魚
Seelachs
pollack

比目魚
Seezunge
sole

鯖魚
Makrele
mackerel

✈ 附餐 / 其他料理 Beilagen / andere Gerichte

炸馬鈴薯
Pommes frites
French fries

烤馬鈴薯
Bratkartoffeln
roast potatoes

馬鈴薯泥
Kartoffelbrei
mashed potatoes

德式酸菜
Sauerkraut
sauerkraut

土耳其風格烤肉
Döner
Doner kebab

獵人式炸豬排
Jägerschnitzel
escalope chasseur

麵疙瘩
Spätzle
spaetzle

希臘旋轉烤肉與捲心菜沙拉
Gyros mit Krautsalat
Gyros with coleslaw

> 🈺 菜單上的菜名後面如果有 "mit…" 字樣，是附餐的意思；"…auf…" 是
> 「加上」的意思；而 "…ische" 是指「……風味」的意思。

德國地方料理
Regionale Spezialitäten

`04-06`

　　德國地方料理的種類相當豐富，料理名稱大多會伴隨地方名稱一起
出現。如果有安排到好幾個德國城鎮旅行，正是品嚐各地料理的好時
機。此外，餐廳服務人員如果詢問：「今天的菜色還喜歡嗎？」除了用
"Ja" (ya)回答，也可用下列的句子回答，記得面帶微笑哦！

我要點在地的地方料理。
Ich möchte regionales Essen bestellen.
I want to order local food.

這裡的名菜是什麼？
Was für Gerichte sind hier in der Gegend beliebt?
What dishes are popular in this region?

今天的菜色還喜歡嗎？
Hat Ihnen das Essen heute geschmeckt?
Did you like the food today?

好吃！吃得好飽哦！
Sehr gut! Es war wirklich sättigend.
Very good! It was really filling.

今天的菜很好吃！我非常喜歡。
Das Essen heute war wirklich sehr gut! Es hat mir sehr geschmeckt.
The food today was delicious! I liked it very much.

✈傳統地方料理 Traditionelle lokale Gerichte

牛肉捲
Rinderroulade
beef roll

烤雞
Brathähnchen
roast chicken

烤豬腳
Gebratene Schweinshaxe
roasted pork knuckle

灌豬肚腸
Saumagen
pig's stomach

清燉豬腳
Eisbein
salted pork leg

德式餃子
Maultaschen
dumplings

燉雞肉
Geschmortes Huhn
stewed chicken

洋蔥餡餅
Zwiebelkuchen
onion pie

馬鈴薯丸
Kartoffelklöße
potato dumplings

烤豬肉
Schwenkbraten
Saarland-style pork roast

醃牛肉薄片
Sauerbraten
braised marinated beef

維也納炸牛排
Wiener Schnitzel
Viennese cutlet

南德式烤豬腿
Schweinshaxe
South German-style pork knuckle

德國香腸 / 火腿
Deutsche Würste / Schinken

04-07

　　德國香腸和火腿的種類高達 1500 種。各地區都有出產具當地代表性的香腸，看得懂菜單上的香腸，會使你點起菜來更加得心應手。

我要一份白香腸。
Ich möchte eine Weißwurst.
I want a Bavarian veal sausage.

這裡哪裡買得到粗麻繩香腸？
Wo kann man hier eine grobe Bratwurst kaufen?
Where can one buy a coarse roast sausage?

火腿的保存期限有多久呢？
Wie lange hält sich der Schinken?
What is the expiry date of the hame?

請切薄一點。
Bitte dünner schneiden.
Please cut in finer slices.

咖哩香腸
Currywurst
curry sausage

紐倫堡香腸
Nürnberger Rostbratwurst
Nuremberg grilled bratwurst

法蘭克福香腸
Frankfurter Wurst
Frankfurter sausage

粗麻繩香腸
Thüringer Wurst
Thuringian sausage

關於德式香腸

- Bratwurst＝烤香腸的總稱；Bockwurst＝水煮香腸的總稱。
- 白香腸是慕尼黑的名產，以小牛肉為主要材料，做好後立即川燙食用的新鮮口感是最大賣點。
- 法蘭克福香腸是德國最具代表性的，直徑較粗。
- 細長的粗麻繩香腸，是圖林根的名產。
- 紐倫堡香腸使用香草入味，大小如小指般，也有人直接稱它為 Rostbratwurst。

餐前酒
Aperitifs

04-08

德國人點餐前習慣先決定好飲料要啤酒、餐前酒、果汁或水之後，才開始點菜。餐前酒通常是有氣泡的葡萄酒或口味較甜的冰酒。

你們有什麼以葡萄酒為基底來調製的雞尾酒嗎？
Haben Sie irgendwelche Cocktails auf Wein-Basis?
Do you have any wine-based cocktails?

我要一瓶氣泡葡萄酒 。
Ich möchte eine Flasche Sekt.
I want a bottle of sparkling wine.

請給我不含碳酸的礦泉水。
Bitte geben Sie mir stilles Mineralwasser.
Please give me non-carbonated mineral water.

你們有供應軟性飲料嗎？
Haben Sie Softdrinks?
Do you offer soft drinks?

實用字彙

含碳酸
mit Kohlensäure
carbonated

不含碳酸
ohne Kohlensäure
non-carbonated

果汁
Fruchtsaft
fruit juice

沙拉
Salat

04-09

　　德國料理的分量對我們而言通常都會太多，即使是沙拉，它的分量有時幾乎等同於一份主菜的分量。

這道沙拉是用什麼做的？
Womit ist dieser Salat gemacht?
What is this salad made of?

我要一份番茄沙拉。
Ich möchte einen Tomatensalat.
I would like to have a tomato salad.

分量好大喔！我們可以一起吃。
Das ist eine wirklich große Portion! Wir können zusammen essen.
That's a really big portion! We can share our dishes.

德國特有馬鈴薯沙拉
Kartoffelsalat
potato salad

綠沙拉
Grüner Salat
green salad

水果沙拉
Fruchtsalat
fruit salad

總匯沙拉
Gemischter Salat
mixed salad

起士沙拉
Käsesalat
cheese salad

高麗菜沙拉
Krautsalat
coleslaw

當季料理
Saisonale Gerichte

  04-10

　　德國季節性食材，春天有白蘆筍，夏天有豌豆和櫻桃等水果，秋天有菇類，冬天有各式聖誕餐點。秋天到冬天期間開放打獵，所以這段時間也吃得到德國野味。

哪裡有好吃的當季料理 / 野味的店呢？
Wo gibt es ein Restaurant mit leckeren saisonalen Gerichten / Wildgerichten?
Where can I find a restaurant that offers tasty seasonal dishes / venison?

現在的當季蔬菜是什麼呢？
Was ist das Gemüse der Saison?
What are the seasonal vegetables right now?

你們有白蘆筍料理嗎？
Haben Sie Gerichte mit weißem Spargel?
Do you have any white asparagus dishes?

肉類料理 / 排餐
Fleischgerichte und Steaks

04-11

哪一道是肉類料理？
Welche Speisen sind Fleischgerichte?
Which items are meat dishes?

這是什麼肉呢？
Was ist das für ein Fleisch?
What kind of meat is this?

有其他用雞肉做成的料理嗎？
Gibt es andere Gerichte mit Huhn?
Are there other chicken dishes?

請問你的排餐要幾分熟？
Wie gar soll Ihr Steak sein?
How well done do you want your steak?

我要三分熟 / 全熟。
Ich möchte es drei Minuten gegart haben / ganz gar haben.
I want it cooked for three minutes / fully cooked.

✈ 熟度 Garstufe

一分熟
halbroh
rare cooked

五分熟
halbdurch
medium cooked

全熟
durch
well-done

✈ 其他肉類 Andere Fleischsorten

兔肉
Hasenfleisch
rabbit

鹿肉
Hirschfleisch
venison (deer meat)

鴨肉
Entenfleisch
duck

✈ 烹調法 Zubereitungsarten

煮熟的
gekocht
cooked

蒸的
gedämpft
steamed

炭烤
gegrillt
grilled

用烤箱烤
gebacken
backed

法式煎魚
Französisch
gebratener Fisch

（用奶油）炒肉、煎肉
sautiert
sauteed

> 註 mariniert 是指在醋、鹽、沙拉油、紅酒中加入香草或辛香料調製而成的醬汁，用來醃漬生魚、生肉或炸好的魚。

✈ 調味料 Gewürze

砂糖
Zucker
granulated sugar

白胡椒
Weißer Pfeffer
pepper

黑胡椒
Schwarzer Pfeffer
black pepper

醋
Essig
vinegar

鹽
Salz
salt

芥末醬
Senfsoße
mustard

塔巴斯哥辣醬
Tabascosoße
Tabasco sauce

番茄醬
Tomatenketchup
tomato ketchup

香料
Gewürze
spices

✈ 料理的口感 Geschmacksarten des Essens

熱 / 冷
heiß / kalt
hot / cold

溫的
lau
warm

鹹 / 甜
salzig / süß
salty / sweet

濃 / 淡
stark / leicht
strong / mild

辣 / 酸
scharf / sauer
spicy / sour

硬 / 軟
hart / weich
hard / soft

苦的
bitter
bitter

調味
Aroma
flavor

素食者
Vegetarier

04-12

我是一個素食者。
Ich bin Vegetarier.
I am a vegetarian.

有素食嗎？/ 這是素食嗎？
Gibt es vegetarische Speisen? / Ist das vegetarisch?
Are there vegetarian dishes? / Is this vegetarian?

我不吃肉和魚。
Ich esse kein Fleisch und Fisch.
I do not eat meat and fish.

可以給我沒有肉的嗎？
Kann ich das auch ohne Fleisch haben?
Can I also have this without meat?

我不能吃蛋。
Ich darf keine Eier essen.
I cannot eat eggs.

禁菸
Nichtraucherbereich

  04-13

有禁菸區嗎？
Gibt es einen Nichtraucherbereich?
Is there a non-smoker area?

我可以抽菸嗎？
Darf ich rauchen?
Can I smoke here?

用餐中
Beim Essen

  04-14

一切都還好嗎？
Ist alles in Ordnung?
Is everything to your liking?

我已經等很久了。
Ich warte schon sehr lange.
I've been waiting for a long time.

請給我分食用的小盤子。
Bitte bringen Sie uns Teller, um das Essen zu teilen.
Please bring us plates to share the dish.

請再給我麵包好嗎？可以給我一杯自來水嗎？
Kann ich noch etwas Brot haben? / Bringen Sie mir bitte ein Glas Leitungswasser.
Can I have some more bread, please? / Can you bring me a glass of tap water, please?

我想換一把刀子，這一把不太乾淨。
Ich möchte ein neues Messer. Das hier ist nicht ganz sauber.
I would like to have a new knife. This one isn't quite clean.

實用字彙

刀子 **Messer** knife	叉子 **Gabel** fork	湯匙 **Löffel** spoon	小茶匙 **Teelöffel** tea spoon
盤子 **Teller** plate	餐巾 **Serviette** napkin	水杯 **Glas** glass (for water)	茶杯 / 咖啡杯 **Tasse** cup

結帳
Die Rechnung bezahlen

  04-15

　　德國餐廳沒有櫃檯，都是在自己的座位上結帳。同桌的客人若想分開結帳，可跟服務員説聲 "Getrennt, bitte." 服務員就會幫客人分開結。

請幫我結帳。可以用信用卡付嗎？
Ich möchte zahlen. Nehmen Sie Kreditkarten?
I want to pay. Do you accept credit cards?

你們想要分開結帳嗎？
Wollen Sie getrennt zahlen?
Do you want to go Dutch?

讓我來結帳就好。
Ich zahle alles.
I pick up the tab.

我想我們並沒有點這道菜。
Wir haben dieses Gericht nicht bestellt.
We didn't order this dish.

賬單金額似乎有問題。請檢查一下。
Die Rechnung scheint falsch zu sein. Bitte überprüfen Sie das.
The bill seems to be faulty. Please check it.

包括飲料在內嗎？
Sind Getränke inbegriffen?
Are drinks included?

零錢留著吧。
Stimmt so.
Keep the change.

民宿餐廳
Hotelrestaurants

04-16

　　民宿餐廳是以家庭料理或地方料理為主，價格較便宜。通常一樓是餐廳；二樓以上設有客房，不住宿也可以在餐廳用餐。

這裡有民宿餐廳嗎？
Gibt es hier ein Hotelrestaurant?
Is there a hotel restaurant close by?

民宿餐廳到幾點營業？
Bis wann ist das Hotelrestaurant geöffnet?
Until what time is the hotel restaurant open?

■ **Ratskeller**

位於市政廳裡面或附近的餐廳。在這裡可以吃到代表該地區的地方料理。價格雖然不算便宜，但是料理的內容非常充實。

■ **Hotelrestaurant**

是當地民眾經常光顧、用餐氣氛輕鬆的餐廳。可以用比較便宜的價位吃到地方料理或家庭料理。一樓是餐廳，二樓以上是住宿。

■ **Bierkeller**

主要提供私釀啤酒，並提供一些能搭配啤酒的料理。部分啤酒屋設有常客席（Stammtisch），所以就坐前要稍微留意一下。

■ **Weinkeller**

主要提供各種葡萄酒，供應的料理種類不會很多。

路邊餐車
Fast-Food-Trucks

04-17

　　路邊餐車一般是指開設在街角或車站內、站著吃的速食店。吐司夾烤香腸或希臘旋轉烤肉（類似土耳其的沙威瑪），是受歡迎的餐點。

這附近有路邊餐車嗎？
Gibt es hier in der Nähe einen Fast-Food-Truck?
Is there a fast food truck close by?

我要點咖哩香腸。有什麼飲料呢？
Ich möchte Currywurst. Was haben Sie zu trinken?
I want some curry wurst. What drinks do you have?

> 🈯 咖哩香腸是把香腸切成一口的大小之後，再沾番茄醬、濃咖哩粉吃，是柏林的名產料理，也是路邊餐車的人氣餐點。

我要兩份旋轉烤肉。兩份要多少錢？
Ich möchte zwei Portionen Gyros. Wieviel kosten zwei Portionen?
I want two portions of gyros. How much do I have to pay for two portions?

早餐
Frühstück

04-18

早餐自助吧在哪裡？
Wo ist das Frühstücksbüfett?
Where is the breakfast buffet?

我想要一杯咖啡 / 茶 / 果汁。
Ich will einen Kaffee / Tee / Orangensaft.
I want a coffee / tea / orange juice.

你的蛋要怎麼料理？
Wie möchten Sie Ihre Eier haben?
How do you want your eggs?

請幫我煎成蛋捲（餅）。
Ein Omelette, bitte.
An omelet, please.

營養早餐裡有什麼？
Was gibt es beim Standardfrühstück?
What does the standard breakfast offer?

實用字彙

火腿	起士 / 奶油	果醬	水煮蛋
Schinken	**Käse / Butter**	**Marmelade**	**Gekochtes Ei**
ham	cheese / butter	jam	boiled egg

✈ 乳酪種類 Käse

帕爾瑪乾酪	莫澤瑞拉	伊丹乳酪	高達乳酪
Parmesan	**Mozzarella**	**Edamer**	**Gouda**
parmesan	mozzarella	edam cheese	gouda

麵包店
Bäckerei

  04-19

　　德國的麵包中以用黑麥製成的麵包最有名。麵包所含黑麥的成分越多，外觀色澤越黑。麵包店經常會以黑麥含量的多寡作為陳列黑麥麵包的順序。三明治通常是法國麵包或黑麥麵包，裡面夾一堆肉、魚、起士或生菜。

這種是什麼麵包？
Was ist das für ein Brot?
What kind of bread is this?

你們有哪幾種三明治呢？
Was für belegte Brote gibt es?
What sandwiches do you have?

可以推薦你最喜歡的麵包店嗎？
Kannst du mir deine bevorzugte Bäckerei empfehlen?
Can you recommend your favorite bakery?

黑麥麵包在德國最有名。
Roggenbrot ist in Deutschland am berühmtesten.
Rye bread is the most famous variety in Germany.

怎樣搭配最好吃？
Womit schmeckt das am besten?
With what does it taste the best?

你們的麵包什麼時候出爐呢？
Wann ist Ihr Brot fertig?
When is your bread fully baked?

剛出爐的麵包最好吃了。
Frisch gebackenes Brot ist am leckersten.
Freshly baked bread is the tastiest.

✈ 常見麵包的種類 Verbreitete Brotsorten

黑麥麵包
Roggenbrot
rye bread

小麵包
Brötchen
buns / rolls

小麥麵包
Weizenbrot
wheat bread

麻花捲麵包
Butterzopf
zopf

方形麵包
Kastenbrot
sandwich loaf

全麥麵包
Vollkornbrot
whole-grain bread

8 字形麵包
Brezel
pretzel

月形麵包
Hörnchen
crescent roll

黑麥、小麥混合麵包
Roggen-Weizen-Mischbrot
rye-wheat mixed bread

用小麵包做的三明治
Belegtes Brötchen
bread roll sandwich

裸麥粗麵包：90%以上使用黑麥，酸味強勁的麵包
Pumpernickel
pumpernickel bread

蛋糕 / 甜點
Kuchen und Desserts

04-20

　　德國人愛吃甜點，種類繁多、外表樸實無華，注重食材的應用，整體口味偏甜。

我想要找可以當禮物送人的蛋糕。
Ich möchte einen Kuchen zum Verschenken.
I want to buy a cake as gift.

這是聖誕薑餅嗎？
Ist das Weihnachtslebkuchen?
Is this Christmas gingerbread?

水果蛋糕有小的嗎？
Haben Sie ein kleines Stück Obstkuchen?
Do you have a small piece of fruit cake?

你們有任何水果做的點心嗎？
Welche Arten von Obstkuchen haben Sie?
What kind of fruit cake do you have?

我要在這裡吃。／我要外帶。
Ich möchte hier essen. / Zum Mitnehmen.
I want to eat in. / For taking out.

我要一份蘆筍冰淇淋。
Ich möchte eine Portion Spargel-Eis.
I want a portion asparagus ice cream.

請多加一些香草冰淇淋在我的蘋果派上。
Bitte geben Sie etwas Vanilleeis auf meinen Apfelkuchen.
Please add vanilla ice cream to my apple pie.

實用字彙

蘋果蛋糕 **Apfelkuchen** apple pie	碎核果奶油蛋糕 **Nuss-Sahnetorte** cream cake with nuts	水果塔 **Früchtekuchen** fruit cake
維也納巧克力蛋糕 **Sachertorte** Sacher cake	米布丁 **Milchreis** milk rice pudding	用奶油做裝飾的甜點 **Torte** fancy cake
布丁 **Pudding** pudding	巧克力慕斯 **Schokoladencreme** chocolate mousse	草莓 **Erdbeere** strawberry
黑森林櫻桃蛋糕 **Schwarzwälder Kirschkuchen** Black Forest Cake	德式君子布丁 **Herrencreme** German vanilla pudding with whipped cream	

水果蛋糕是聖誕節的代表性點心，加入核果、乾果，灑上砂糖粉製作而成的口味濃厚的蛋糕。德國冰淇淋量多，製作方法也新奇，連蘆筍冰淇淋、披薩、千層麵冰淇淋等模仿料理的獨特口味都有。

咖啡 / 飲料
Kaffee und Getränke

04-21

附近有家咖啡廳。我們來喝咖啡吧。
In der Nähe gibt es ein Café. Lasst uns einen Kaffee trinken.
There's a coffee shop near here. Let's drink a coffee.

請給我飲料單。
Die Getränkekarte, bitte!
The drinks list, please!

請給我一壺 / 一杯咖啡 / 紅茶。
Bitte geben Sie mir ein Kännchen / eine Tasse Kaffee / Tee.
Please give me a pot / a cup of coffee / tea.

實用字彙

牛奶
Milch
milk

咖啡歐蕾
Milchkaffee
coffee with milk

卡布奇諾
Cappuccino
cappuccino

可可亞
Kakao
cocoa

柳橙汁
Orangensaft
orange juice

蘋果汁
Apfelsaft
apple juice

白開水
Leitungswasser
tap water

可樂
Cola
coke

聖誕節 / 蘋果酒
Weihnachten, Apfelwein

04-22

　　一到十二月，德國各地會出現關於聖誕節的市集，熱紅酒是少不了的當地料理。薩克森豪森地區位於法蘭克福的中心地帶到緬因河南岸之間，這裡的居民自古以來非常愛喝蘋果酒，像是有名的蘋果酒館 Zum Grauen Bock。

哪一區生產的熱紅酒最好喝呢？
Welche Region hat den besten Glühwein?
Which region has the best mulled wine?

你們有供應蘋果酒嗎？
Haben Sie Apfelwein?
Do you offer apple cider?

哪一種料理和蘋果酒最搭？
Welches Gericht passt am besten zu Apfelwein?
What dish goes best with apple cider?

啤酒屋
Bier

04-23

　　啤酒屋所提供的下酒菜通常是以香腸等簡單的料理為主。在德國，連在麥當勞都能喝到啤酒喔。一口啤酒、一口漢堡，是十足的德式飲食樂趣！

這附近有啤酒屋嗎？
Gibt es in der Nähe eine Bierkneipe?
Is there a beer bar in the vicinity?

你們的啤酒容量有幾種呢？
Was für Biergrößen haben Sie?
What sizes of beer do you have?

請給我一杯啤酒 / 白啤酒 / 無酒精啤酒。
Ein Bier / weißbier / alkoholfreies Bier, bitte.
One beer / white beer / non-alcoholic beer, please.

你要哪一個牌子的？
Was für ein Bier möchten Sie?
What type of beer do you want?

給我皮爾森啤酒。
Ein Pils, bitte.
One pilsner beer, please.

你比較推薦什麼下酒菜？
Was für Imbisse können Sie empfehlen?
What snacks do you recommend?

乾杯！
Prost!
To your health!

 德國啤酒小知識

　　我們較常喝的啤酒，德語叫做皮爾森——Pilsner，是加入啤酒花（蛇麻草花）釀造而成的淡色啤酒。德國各地的啤酒釀造廠（Brauerei）總共約 1300 所，出產的啤酒品牌高達 5000 種。

　　威廉四世在 16 世紀中頒布「啤酒純度命令」，規定啤酒只能以麥芽、啤酒花和水（之後再加水）釀造；這個規定到現在都還被德國的釀酒人嚴格遵守著。每年四月二十三日，德國各地會舉行紀念「啤酒純度命令」頒布的慶典活動。

　　不同地方的啤酒都有特有口感，不妨多多試喝比較。德國幾乎每條大街小巷都有啤酒屋，洋溢著啤酒屋的歡樂氣氛。

✈ 德國啤酒主要產地

a. **Berliner Weiße**（柏林）
   口味稍帶甘甜。
b. **Altbier**（杜塞道夫）
   稍帶苦味的紅褐色啤酒。
c. **Kölsch**（科隆）
   淡黃色、口味清爽的啤酒。
d. **Rauchbier**（班堡）
   茶褐色、帶苦味的啤酒。
e. **Helles**
f. **Dunkelbier**
g. **Weizenbier**（慕尼黑）
   啤酒之都——慕尼黑最具代
   表的三種啤酒。Helles 的酒
   味較輕；Dunkel 的酒味較
   強；Weizen 是用小麥作為
   釀造原料。

酒吧
Bar

04-24

　　在北德國，啤酒屋並不多見，而是以叫做 Kneipe 的小酒館居多。酒吧的付款方式採餐到付款。

這個座位有人坐嗎？我請你喝一杯！
Ist der Platz noch frei? Ich lade dich auf ein Getränk ein!
Is this seat taken? I invite you for a drink!

你們有哪些雞尾酒呢？給我一杯卡魯哇奶酒。
Was für Cocktails haben Sie? / Geben Sie mir einen Kahlua-Cocktail, bitte.
What cocktails do you have? / Give me a Kahlua cocktail, please.

這裡面混合了什麼呢？
Was ist hier reingemischt?
What is in this mix?

實用字彙

琴湯尼	莫斯科騾子	威士忌	馬丁尼
Gin Tonic	**Moscow Mule**	**Whiskey**	**Martini**
gin tonic	Moscow Mule	Whiskey	Martini

精選葡萄酒
Ausgewählte Weine

04-25

　　精選葡萄酒是德國最具代表性的葡萄酒之一，逐串揀選成熟的葡萄釀造，香味濃郁、口味甘甜。

你們有什麼精選葡萄酒嗎？
Was für ausgewählte Weine haben Sie?
What kind of recommended wines do you have?

你們要先試喝一下葡萄酒嗎？
Kann ich zuerst einmal probieren?
Can I first try this wine?

我要這一瓶。
Ich möchte diese Flasche.
I want this bottle.

我想要能和這道菜搭配的葡萄酒。
Ich möchte einen Wein, der zu diesem Gericht passt.
I want a wine that goes well with this dish.

我要一瓶白葡萄酒。
Ich möchte eine Flasche Weißwein.
I want a bottle of white wine.

✈ 葡萄酒的味道與種類 Geschmack und Sorten von Wein

不甜 **nicht süß** not sweet	微甜 **leicht süß** slightly sweet	甜 **süß** sweet	紅酒 **Rotwein** red wine
白酒 **Weißwein** white wine	粉紅酒 **Rosé Wein** rosé wine	香檳 **Sekt** sparkling wine	餐後酒 **Digestif** digestif

 德國葡萄酒小知識

葡萄酒的等級

· 日常紅酒：
   日常餐酒 Tafelwein、地區餐酒 Landwein。
· 特定地區良質酒：
   QbA＝Qualitätswein bestimmter Anbaugebiete

限定在 13 個地區釀造，對產地具有特殊堅持的葡萄酒。

· **特級良質酒：**

QmP＝Qualitätswein mit Prädikat

使用甜度最高的葡萄釀造而成的最高級葡萄酒。

特級葡萄酒依採收葡萄的成熟度可分為以下 6 個等級。

· **Kabinett（珍藏）：**

QmP 中等級最低的葡萄酒。

· **Spätlese（晚收）：**

利用晚收的葡萄釀造的葡萄酒。

· **Auslese（精選）：**

利用完全成熟的良好葡萄串釀造而成的葡萄酒。

· **Beerenauslese（逐粒精選）：**

採用過熟且含有貴腐菌的葡萄釀造，口味極甘甜的葡萄酒。

· **Eiswein（冰酒）：**

採用延後採收，經寒流凍過的葡萄濃縮精華所釀造而成的葡萄酒。

· **Trockenbeerenauslese（乾果粒精選）：**

含有貴腐菌的最高級葡萄酒，嚴選已經變成葡萄乾般的乾葡萄粒釀造
而成的超甜葡萄酒。

品種

　　身為歐洲代表性葡萄酒釀造國之一的德國，產量以白葡萄酒為主，
約佔80%。德國位於北方，由於日照時間短，葡萄熟成緩慢，反而可充
分吸收土壤中的礦物質。德國主要的葡萄品種有：

　　· Riesling＝麗絲玲
　　· Silvaner＝西萬尼
　　· Müller-Thurgau＝米勒吐爾高

葡萄酒主要產地

　　德國有 13 區主要葡萄酒產區，摩澤爾—薩爾—魯爾、巴登、法蘭
可尼亞、萊茵法茲、納赫是其中最有名的產區。

✈ 德國葡萄酒主要產地

01.**Ahr** 稍帶水果風味，較不
苦澀。

02.**Mosel-Saar-Ruwer** 酸味
明顯，口感強烈。

03.**Nahe** 果實風味濃厚，口感
柔潤。

04.**Rheinhessen** 順暢好入
喉，口感清爽。

05.**Pfalz** 葡萄品種多元，非常
具有多樣性。

06.**Baden** 酒精濃度較高，不
甜的葡萄酒。

07.**Württenberg** 以當地消費
居多。酒力較強，帶酸味。

08.**Hessische Bergstraße** 氣
味香醇和清爽的酸味是主要
特色。

09.**Rheingau** 利用晚收法釀造
貴腐葡萄酒的起源。甜味。

10.**Franken** 被稱為
Bocksbeutel 的扁圓酒瓶也
很有名。

11.**Mittelrhein** 以當地消費居
多。口感清爽，酸味濃厚。

12.**Sachsen** 葡萄田沿易北河
廣泛分布。不甜。

13.**Saale-Unstrut** 清爽、不
甜。酸味較保守。

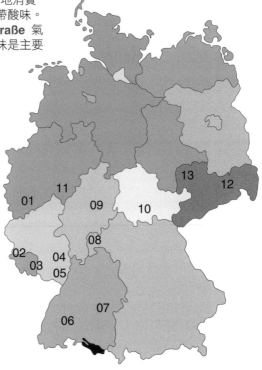

第 5 章

觀光
Tourismus
Sightseeing

逛逛歷史古城或歷史建築，
或去看看德國的自然風景。
享受德國旅遊樂趣的方法相當多，
規劃一下個人的專屬行程，
深入探訪幾個自己有興趣的景點吧！

05-01

旅遊資訊中心在哪裡？有城市地圖嗎？
Wo ist die Touristeninformation? Gibt es eine Stadtkarte?
Where is the tourist information office? Do you have a city map?

有沒有中文 / 英文的資料？
Gibt es Informationen auf Chinesisch / Englisch?
Do you have info material in Chinese / English?

……（地方）怎麼去? 入場費多少呢？
Wie komme ich zu...? Was kostet der Eintritt?
How can I get to there? How much is the entrance fee?

開放時間是什麼時候？
Wie sind die Öffnungszeiten?
What are the opening times?

去那裡最好的方法是什麼？
Wie komme ich am besten dorthin?
What is the best way to get there?

有英文 / 中文導遊嗎？
Gibt es Führungen auf Englisch / Chinesisch?
Are there guided tours speak English / Chinese?

有什麼遊客專用的旅遊卡？
Gibt es eine Nahverkehrskarte für Touristen?
Is there a special public transport ticket for tourists?

註 柏林官方旅遊網站（英文版）
https://www.visitberlin.de/en

✈ 街頭漫步 Stadtspaziergang

廣場
Platz *(m.)*
place

市區
Stadtteil *(m.)*
city area

舊市區
Altstadt *(f.)*
old town

市政廳
Rathaus *(n.)*
city hall

綠林道
Allee *(f.)*
avenue

道路 / 街道
Straße *(f.)*
street

拱廊 / 騎樓
Arkaden *(pl.)*
arcade

小巷 / 小徑
Gasse *(f.)*
alley

宮廷
Hof *(m.)*
palace

河岸
Ufer *(m.)*
river bank

門
Tor *(n.)*
gate

塔
Turm *(m.)*
tower

旅遊步道
Promenade *(f.)*
tourist trail

橋
Brücke *(f.)*
bridge

城堡 / 宮殿
Schloss *(n.)* / **Palast** *(m.)*
castle / palace

教會 / 禮拜堂
Kirche *(f.)*
church

教堂
Dom *(m.)*
cathedral

堡壘
Burg *(f.)*
fortess

中央廣場（馬克廣場）
Marktplatz *(m.)*
central plaza

車站
Bahnhof *(m.)*
station

公園
Park *(m.)*
park

中央車站
Hauptbahnhof *(m.)*
central station

地下鐵
Untergrundbahn *(f.)* / **U-Bahn** *(f.)*
subway

連接都市與近郊的捷運
Stadtbahn / S-Bahn *(f.)*
city railway

聖誕市集
Weihnachtsmärkte *(m.)*
Christmas market

木屋
Fachwerkhaus *(n.)*
framework house

您知道柏林圍牆 / 東邊畫廊怎麼去嗎？
Wissen Sie, wie man zur Berliner Mauer / zur East Side Gallery kommt?
You know how to get to the Berlin Wall / East Side Gallery?

到波茨坦廣場 / 施普雷河是這個方向對嗎？
Ist dies der richtige Weg zum Potsdamer Platz / zur Spree?
Is this the right way to the Potsdamer Platz / Spree?

布蘭登堡門 / 柏林大教堂真壯觀！
Das Brandenburger Tor / der Berliner Dom ist wirklich spektakulär!
The Brandenburg Gate / Berlin Cathedral is truly spectacular!

柏林博物館島 / 選帝侯大道在哪裡？還要走很久嗎？
Wo ist die Berliner Museumsinsel / der Kurfürstendamm? Muss man noch sehr weit gehen?
Where is the Museum Island / Kurfürstendamm in Berlin ? Is it very far?

我迷路了。這條是什麼路？
Ich habe mich verlaufen. Welche Straße ist das hier?
I've lost my way. What street is this?

這棟建築物是什麼？
Was ist der Name dieses Gebäudes?
What is the name of this building?

這是勝利紀念碑。
Das ist das Siegesdenkmal.
This is the Victory Monument.

實用句型：您知道……怎麼去嗎？

您知道……怎麼去嗎？
Wie kommt man bitte zu...?
How do I get to...?

✈柏林著名景點 Sehenswürdigkeiten in Berlin

柏林音樂廳
Konzerthaus Berlin *(n.)*
Berlin Concert Hall

夏洛特堡宮
Schloss Charlottenburg *(n.)*
Charlottenburg Palace

菩提樹下大街
Unter den Linden
Unter den Linden boulevard

查理檢查哨
Checkpoint Charly *(m.)*
Checkpoint Charly

恐怖地形圖
Topographie des Terrors *(f.)*
Topography of Terror

德國國會大廈
Reichstag *(m.)*
Reichstag

東德博物館
DDR-Museum *(n.)*
DDR Museum

佩加蒙博物館
Pergamon-Museum *(n.)*
Pergamon Museum

歐洲被害猶太人紀念碑
Denkmal für die ermordeten Juden Europas *(n.)*
Memorial to the Murdered Jews of Europe

05-03

　　遊客不妨先向旅客中心詢問有什麼博物館及美術館可參觀，並建議多方收集有關優待票或聯票之類的資訊。

哪裡可以買到博物館和美術館的聯票呢？
Wo kann ich ein Verbund-Ticket für Museen und Galerien kaufen?
Where can I purchase a composite-ticket for museums and galleries?

柏林最著名的博物館 / 美術館有哪些？
Was sind die bekanntesten Museen / Galerien in Berlin?
What are the best known museums / galleries in Berlin?

德國有好多世界級的博物館喔！
Deutschland hat wirklich viele Museen von Weltklasse!
Germany really has many world-class museums!

入場費是多少？可以使用博物館聯票嗎？
Wie teuer ist der Eintritt? Kann man das Museen-Verbund-Ticket nutzen?
How much is the entrance? Can I use the museum composite ticket?

這裡有好多好棒的畫作喔！
Hier gibt es wirklich viele tolle Bilder!
There are a lot of great paintings!

可以用閃光燈拍照嗎？
Darf man hier mit Blitzlicht fotografieren?
Can I use a flash when taking pictures?

這裡有專人導覽嗎？
Gibt es hier professionelle Führungen?
Are there professional guided tours?

實用句型：可以……嗎？

可以……嗎？
Kann ich...?
Can I....?

實用字彙

拍照
Fotos machen
take photos

用閃光燈
einen Blitz nutzen
use a flash

進入 / 離開
betreten / weggehen
enter / leave

帶食物
Essen mitbringen
bring food

喝飲料
trinken
drink

回來 / 通過
zurückkehren / durchgehen
return / pass

實用句型：這裡有……嗎？

這裡有……嗎？
Gibt es...?
Is there....?

實用字彙

禮品店
Geschenkartikelladen *(m.)*
gift shop

特展
Sonderausstellung *(f.)*
special exhibition

寄物處
Gepäckaufbewahrung *(f.)*
baggage storage

咖啡廳 / 餐廳
Café *(n.)* **/ Restaurant** *(n.)*
café / restaurant

介紹博物館 / 美術館的冊子
Museumsführer *(m.)* **/ Galeriebroschüre** *(f.)*
museum introduction / gallery booklet

歌劇
Opern

05-04

　　在德國可以欣賞到各種歌劇、演奏會和戲劇。不妨趁機接觸華格納的《唐豪瑟》、《尼伯龍根的指環》；莫札特的《費加洛的婚禮》、《唐・喬凡尼》、《魔笛》等大家耳熟能詳的歌劇作品。

今天有哪些歌劇可以看呢？
Welche Opern kann man heute sehen?
Where can I see operas today?

現在還買得到《魔笛》的票嗎？
Kann man jetzt noch Karten für "Die Zauferflöte" kaufen?
Can I still buy tickets for the "Magic Flute"?

音樂廳
Konzertsaal

05-05

本日的午後 / 夜間演出項目有哪些？
Was für Vorstellungen gibt es am Nachmittag / Abend?
What performances are in the afternoon / evening?

我要 2 張自由座位 / 指定座位。
Ich möchte zwei Karten ohne Platzreservierung / Karten mit Platzreservierung.
I want two tickets without reserved seats / tickets with reserved seats.

我的座位在哪裡？
Wo ist der Sitzplatz?
Where is the seat?

現在還可以入場嗎？
Kann man jetzt noch hinein?
Can one still get inside?

柏林愛樂
Berliner Philharmoniker

05-06

　　世界上最能如實回應指揮家各種即興要求的知名交響樂團，就是柏林愛樂交響樂團。柏林愛樂的除夕音樂會和每年六月在森林劇院戶外音樂堂的公演，聞名世界。

柏林愛樂是在這裡排隊嗎？
Wo muss man sich für die Berliner Philharmoniker anstellen?
Where do I have to wait in line for the Berlin Philharmonic?

還買得到入場券嗎？
Kann man noch Eintrittskarten kaufen?
Can I still buy tickets?

我可以看一下座位圖嗎？
Kann ich einmal den Sitzplan sehen?
Can I see the seating plan?

我希望可以是更中間一點的位置。
Ich hätte gerne einen Platz weiter in der Mitte.
I would like a place more in the center.

什麼時候才會有位置呢？
Wann gibt es denn Plätze?
When do you have free seats?

指揮
Dirigent *(m.)*
conductor

管弦樂團
Orchester *(n.)*
orchestra

樂團首席音樂家
Konzertmeister *(m.)*
concert master

註 柏林愛樂網站（英文版）
https://www.berliner-philharmoniker.de/en/

音樂家
Musiker

05-07

　　巴哈是德國最具代表性的音樂家。巴哈博物館位於萊比錫，也是巴哈創作《馬太受難曲》、《B 小調彌撒》、《聖誕節神劇》的地方。波昂是貝多芬的出生地，那裡展示了貝多芬愛用的鋼琴、樂譜和家具等。布拉姆斯出生於漢堡，與巴哈、貝多芬共同被譽為「德國三 B」。

用走的走得到巴哈博物館嗎？
Kann man bis zum Bach-Museum laufen?
Can one walk to the Bach Museum?

因為我很喜歡巴哈，所以決定到這裡來看一看。
Ich mag Bach sehr gerne. Deshalb bin ich hierher gekommen.
I like Bach very much. That's why I came here.

我想要拜訪和貝多芬 / 華格納有關係的地方。
Ich möchte Orte besuchen, die mit Beethoven / Wagner zu tun haben.
I want to visit places that are connected to Beethoven / Wagner.

布拉姆斯與巴哈、貝多芬共同被譽為「德國三 B」。
Brahms, Bach und Beethoven nennt man bei uns "Die drei deutschen Bs".
Brahms, Bach and Beethoven are called by us "The three German Bs."

今晚有什麼音樂會可以聽？
Welche Konzerte gibt es heute Abend?
Which concerts are given tonight?

 偉大的音樂家

巴哈（1685～1750）

Johann Sebastian Bach

出生於圖林根邦的艾森納赫。

代表作品：《馬太受難曲》、《B 小調彌撒》、《聖母讚歌》、《十二平均律曲集》。

貝多芬（1770～1827）

Ludwig van Beethoven

出生於波昂。

代表作品：第九號交響曲（附合唱）等。將席勒的《歡樂頌》中的詩詞重新寫進第四樂章合唱部分。

孟德爾頌（1809～1847）

Felix Mendelssohn

出生於漢堡。

不只身為演奏者，更以指揮的身分活躍於樂壇，奠定至今所使用的指揮法。代表作品：《E 小調小提琴》、《仲夏夜之夢》。

華格納（1813～1883）

Richard Wagner

出生於萊比錫。

身兼理論家與作家。代表作品：《漂泊的荷蘭人》、《唐

豪瑟》、《羅恩格林》、《紐倫堡的名歌手》、《尼伯龍根的指環》、《帕西法爾》。

　　華格納是舞台綜合藝術「樂劇」的始祖，不但從歌劇的作曲到腳本皆執筆包辦，還參與過歌劇的演出和指揮。

布拉姆斯（1833～1897）

Johannes Brahms

　　出生於漢堡。

　　與巴哈、貝多芬共同被譽為「德國三B」。曾在多特蒙德指揮過女性合唱團，並創作過多首合唱曲、歌曲。代表作品：《第一號鋼琴協奏曲》、《第一號交響曲》。

拜羅伊特音樂節
Bayreuther Festspiele

05-08

　　由作曲家理查‧華格納所發起，每年的七月到八月之間，在拜羅伊特節日劇院舉行，是世界知名的音樂節之一。

哪裡可以買到節目單呢？
Wo kann man einen Veranstaltungsplan kaufen?
Where can I buy a performance schedule?

我要兩張明天的入場券。
Ich möchte zwei Eintrittskarten für morgen.
I want to tickets for tomorrow.

我想要買票，什麼時候的都可以。
Ich möchte Karten kaufen. Egal für welche Zeit.
I want to buy tickets. No matter what time.

市集廣場（馬克廣場）

Marktplatz

05-09

　　市集廣場是「中央廣場」的意思。各地中央廣場大都是與市政廳鄰接。在觀光時，把市集廣場當成一個據點，就不難掌握周邊地點的地理位置了。

我們在市集廣場集合吧！
Wir sollten uns auf dem Marktplatz treffen!
We should meet at the marketplace!

時間訂在 12 點，可以嗎？
Ist es um zwölf Uhr in Ordnung?
Is twelve o'clock okay?

市集廣場上有資訊中心嗎？
Gibt es auf dem Marktplatz ein Informationszentrum?
Is there an information center at the marketplace?

今天有早市 / 什麼活動嗎？
Gibt es heute einen Morgenmarkt / irgendeine Veranstaltung?
Is there a morning market / any event today?

動物園

Im Zoo

05-10

　　柏林動物園是德國最古老的動物園，裡面飼養了 1400 種以上的動物，規模上算是世界上名列前茅的動物園。漢堡的哈根貝克動物園不使用柵欄圈養動物，也是相當著名的動物園。

最受歡迎的動物是哪一種呢？
Welches Tier ist am beliebtesten?
Which animal is the most popular?

可以摸牠嗎？
Kann ich es mal berühren?
Can I touch it?

好可愛！請問你們有熊的玩偶嗎？
Wie niedlich! Gibt es eine Spielzeugfigur in Bärenform?
How cute! Is there a toy figure in the shape of bears?

德國甲級足球聯賽
Erste Fußballliga

　　這是已經擁有百年歷史的足球大國德國的專業聯賽。關於足球賽入場券，只要不是決賽或強隊爭霸賽，都不會太難買到，一般可在各球隊官方網站、當地售票中心或直接在足球場購票。另外，球迷商店也買得到。

這是歐洲首屈一指的足球聯盟。
Dies ist Europas führende Fußballliga.
This is Europe's leading football league.

在哪裡可以買得到入場券？
Wo kann ich Tickets kaufen?
Where can I buy tickets?

你們有今天的入場券嗎？
Gibt es noch Tickets für heute?
Are there still tickets for today?

球迷商店在哪裡呢？
Wo ist ein Fanartikel-Laden für Fußballfreunde?
Where can I find a shop for soccer fan merchandise?

我是漢堡 SV 隊的足球迷。
Ich bin Fan vom Hamburger SV.
I'm a fan of Hamburger SV.

射門！加油！
TOOOOOOR! Komm schon!
Goal! Come on!

超有看頭的比賽！
Das war ein super Spiel!
That was a great game!

 德國甲級足球聯賽官方網站
http://www.bundesliga.com/de/bundesliga/

市政廳
Rathaus

  05-12

　　德國大部分的市政廳建造於 14 到 15 世紀之間，歷史價值很高。當時的德國以一個小城市獨立成一個國家的型式運作，市政廳就是處理當時政治事務的機關。作為國家象徵的市政廳，在建築上有許多興盛隆大的表現。市政廳的地下樓層有名為「地窖」的餐廳，可以吃到具代表性的地方料理。市政廳地窖在中古世紀時，是一個釀造葡萄酒、啤酒提供給市民的民生福利事業單位。

到市政廳要怎麼走？
Wie kommt man am besten zum Rathaus?
How do I get to the city hall?

我過來看看著名的時鐘。
Ich bin hergekommen, um die berühmte Uhr zu sehen.
I have come to see the famous clock.

好壯麗的建築物啊！
Das Gebäude ist wirklich spektakulär!
The building is truly spectacular!

- 奧格斯堡市政廳（Augsburger Rathaus）：以三層樓的黃金建築因而聞名。
- 漢堡市政廳（Hamburger Rathaus）：擁有高度 112 公尺的高塔、壯闊的階梯式大廳和華麗的壁面。
- 漢諾威市政廳（Hannoveraner Rathaus）：擁有世界上最大的管風琴。
- 慕尼黑新市政廳（Münchener Neues Rathaus）：造型時鐘會在每天的 11 點、12 點（三月開始到十月期間增加 17 場次）表演。造型是等身大小的娃娃，上層是威廉五世的結婚儀式，下層是「謝肉節」的舞蹈。
- 萊比錫舊市政廳（Leipziger Altes Rathaus）：在孟德爾頌的房間裡仍擺設與他相關的物品。
- 班堡舊市政廳（Leipziger Altes Rathaus）：位在雷格尼茨河上，於 15 世紀所建造。
- 埃爾福特市政廳（Erfurter Rathaus）：裡面展示了描繪歷史和傳說的畫作。

狂歡節
Karneval

`05-13`

　　狂歡節是基督教徒的節慶之一，又有「謝肉節」之稱，化妝過的民眾會在「玫瑰星期一」舉行遊行慶典。以科隆、緬因茲、杜塞道夫的規模最浩大。

今年的狂歡節從什麼時候開始呢？
Wann beginnt der Karneval in diesem Jahr?
When does the carnival start this year?

遊行隊伍會經過這裡嗎？
Kommt der Karnevalszug hier vorbei?
Will the carnival pageant pass this place?

紀念碑
Denkmäler

　　許多德國的歷史建築物或紀念碑，一到傍晚就會點上燈光。在夜晚燈光照射下，這些建築物呈現出有別於白天的不同風情。

那個紀念碑是紀念什麼的呢？
Woran erinnert dieses Denkmal?
What does this monument commemorate?

這有多古老？
Wie alt ist das?
How old is it?

城堡
Burgen und Schlösser

　　城堡在外觀上主要的差異，可以從建築物本身和窗戶之間的相對大小得知。

居住用的和戰鬥用的城堡有什麼不同呢？
Was ist der Unterschied zwischen Burgen und Schlössern?
What is the difference between different types of castles in Germany?

護牆有多高呢？
Wie hoch ist die Schutzmauer?
What is the height of the protective wall?

城堡類型

- Burg：10～14 世紀間大量興建的類型。所有機能堡都築有環狀護城，如因地理條件而遭遇軍事問題，城堡就會搭建雙層

或三層的厚牆。參觀名稱裡有 Burg 這個字的地方時，不妨朝城堡如何進行防禦的方向去想像、理解結構，相信會更有心得。

- Schloss：15～16 世紀間大量興建的類型。這時的城堡已從軍事目的轉向住宅目的，多位於平地，窗戶面積較大較開放，且左右兩邊還有美麗的庭園。
- Residenz：17 世紀中大量興建的類型。不具軍事機能，是提供王公貴族居住或政府機關使用的城堡。今日矗立在市區的大宮殿就屬於這一類。

夏洛特堡宮
Schloss Charlottenburg

`05-16`

　位於柏林，普魯士王國的建國國王腓特烈一世，為妻子索菲・夏洛特王后所建造的夏季離宮。以黃金室、陶器室（內含中國陶器 1500 件以上）聞名，曾在第二次世界大戰中遭到破壞，目前的宮殿是戰後重建的。

（館內）參觀導覽什麼時候開始呢？
Wann beginnt die Führung (im Inneren)?
When does the guided tour start (inside)?

這是什麼時候重建的？
Wann ist das restauriert worden?
When has it been restored?

黃金室	陶器室	史料室	陵墓
Goldzimmer *(n.)*	**Keramikzimmer** *(n.)*	**Archiv** *(n.)*	**Mausoleum** *(n.)*
gold room	ceramics room	archive	tomb

德國主要宮殿

- **新天鵝堡(Schloss Neuschwanstein)**：位於富森。是醉心於

華格納歌劇的路德維西二世以自己的理想和傳說為藍圖所建造的著名城堡。

- **無憂宮(Schloss Sanssouci)**：位於柏林郊外的波茨坦。堪稱洛可可式建築中的傑作。宮殿南側利用丘陵斜面建造而成的六段式梯形露台非常壯觀。
- **皇宮(Würzburger Residenz)**：位於維爾茨堡。裡面的巨型壁畫和大量用黃金裝飾的日常用品非常值得一看。

洛可可風格
Rokoko-Stil

05-17

　　洛可可風格 18 世紀發源於法國，是一種主要用於宮廷的建築風格，語源是法文的 rococo（岩石）。洛可可風格經常使用纖細的曲線，天井和牆壁的交界不明，習慣以淺色和金色作為色彩的基調，並以複雜的漩渦、唐草或花卉造型物為表現主題。代表性建築物是巴伐利亞邦的維斯教堂。

這就是洛可可風格嗎？
Ist dies der Rokoko-Stil?
Is this the Rococo style?

這曲線彎得真美！
Diese Linienführung ist wirklich schön!
These classic lines are really beautiful!

德國最具洛可可風的建築物是哪一座呢？
Was sind repräsentative Rokoko-Gebäude in Deutschland?
What are representative rococo buildings in Germany?

那座建築物是屬於什麼風格的？
Zu welchem Stil gehört dieses Gebäude?
What style is the architecture of this building?

■ Romanik 羅馬式（11~12 世紀）

以法國、德國為發展中心，再廣泛流傳到西歐各地的一種藝術風格，多為教會建築所使用。使用石砌牆壁、圍拱、三廊式二重內陣作造型，給人厚重的印象。也常以動物、幻想的野獸和唐草等作為主題。代表性建築物：施派爾大教堂、聖米高教堂。

■ Gotik 哥德式（12 世紀）

發源於法國北部，是由羅馬式風格發展而來的建築風格。以石頭組合而成的尖頭圓拱、大窗、色彩豐富的彩色玻璃，及帶有強烈上升感的穹形天井為主要特徵。代表性建築物：科隆大教堂、聖羅倫茲大教堂、馬格德大教堂。

■ Renaissance-Stil 文藝復興風格（15 世紀）

發源於義大利翡冷翠，流行遍及整個歐洲。原文有再生、復活之意。表現在建築方面的特徵有：左右對稱的造形、正圓拱形、大量使用直線所表達的安定、明朗調性。代表性建築物：海德堡城的奧圖‧瓦伯格館和弗里德里希館。

■ Barock 巴洛克式（17 世紀）

17 世紀初期發源於義大利，流行至 18 世紀中期左右的建築、美術風格，語源是葡萄牙語裡的barroco（畸形的珍珠），企圖逃脫文藝復興時代端正的意象，強調以華麗的色彩和形狀、誇張的裝飾演繹空間。在德國，主要自 17 世紀後半期開始盛行於宮廷建築，以壁畫和壯麗的幻想形式為特徵。代表性建築物：柏林國會議事堂。

科隆大教堂
Kölner Dom

05-18

科隆擁有全德國規模最大的教堂，彌撒期間禁止參觀。科隆還擁有世界上最棒的巧克力博物館供旅客參觀。

好漂亮的彩色玻璃！
Das sind wirklich schöne Buntglasfenster!
Those are really beautiful stained glass windows!

可可亞可以續杯嗎？
Kann man noch mehr Kakao bekommen?
Can I get a refill for my cocoa?

當地旅行團
Lokale Reisegruppen

05-19

　　到了著名的觀光城市，除了參考旅遊服務中心的資訊與地圖，或是搭乘觀光巴士到各景點旅遊外，不妨考慮參加當地的旅遊團。

有到浪漫之路 / 古堡之路的旅行團嗎？
Gibt es eine Reisegruppe zur Romantischen Straße / Burgenstraße?
Is there a tour group to the Romantic Road / Castle Road?

有短程半日 / 一日的行程嗎？
Gibt es eine Halbtages- / Tagestour?
Is there a half day / full day tour?

巴士早上八點從旅館出發。
Der Bus fährt morgens um acht vom Hotel ab.
The bus starts the morning at eight o'clock from the hotel.

半日 / 一日行程的價格是多少？
Wie viel kostet eine Halb- / Ganztagestour?
How much does a half / full day tour cost?

可以吃到道地的午餐嗎？
Kann man ein typisch lokales Mittagessen bekommen?
Can one get a typical local lunch?

我們下午幾點回到旅館？
Um wie viel Uhr kehren wir am Nachmittag ins Hotel zurück?
At what time do we return in the afternoon to the hotel?

我趕不上我的旅行團。
Ich komme nicht mit meiner Tourgruppe mit.
I'm not keeping up with my tour group.

實用字彙

夜間行程	短程一日旅遊	短程半日旅遊
Nachtfahrt *(f.)*	**Tagesausflug** *(m.)*	**Halbtagesausflug** *(m.)*
night trip	day trip	half-day tour

天氣
Wetter

05-20

真是個適合觀光的天氣啊！
Das Wetter ist perfekt für Besichtigungen!
The weather is perfect for sightseeing!

你看過天氣預報了嗎？明天會下雪嗎？
Hast du die Wettervorhersage gesehen? Wird es morgen schneien?
Have you seen the weather forecast? Will it snow tomorrow?

即使下雨也要去嗎？
Sollen wir auch bei Regen gehen?
Shall we also go if it is raining?

涼爽	暑熱	寒冷
kühl	**heiß**	**kalt**
cool	hot	cold

萊茵河遊船
Rheinschiffe

05-21

　　萊茵河是德國的父親之河，全長 1320 公里，發源於瑞士，是德法兩國的天然交界；貫穿德國西部進入荷蘭，最後流入北海。中游流經德國，從德國的科布倫茨到賓根縣長達 65 公里，河谷與兩旁懸崖、丘陵、古堡、村莊等景物交織成獨特的萊茵河風情，是名列世界遺產的人氣觀光景點。

我一直都嚮往搭船遊萊茵河。
Ich habe mich stets danach gesehnt, eine Schiffstour auf dem Rhein zu machen.
I have always longed to make a boat trip on the Rhine.

觀光船的接待中心在哪裡？
Wo ist das Empfangszentrum für Ausflugsboote?
Where is the reception center for boat trips?

在哪裡上船？我可以搭這艘船嗎？
Wo besteigt man die Boote? Kann ich dieses Boot besteigen?
Where can I get onboard? Can get on this boat?

航程會花多久的時間？
Wie lange dauert die Bootsroute?
How long does this boat route take?

萊茵河的發源地是哪裡？
Wo ist die Quelle des Rheins?
Where does the river Rhine begin?

萊茵河相關資訊

- 萊茵煙火節 Feuerwerksfestival (Rhein in Flammen)：從五月到九月之間，在萊茵河流域羅蕾萊岩、七嶺山等地舉辦的煙火大會。
- 稜線（Hügellinie）：沿萊茵河的健行路線之一，綿延於波昂郊外和奧彭海姆之間，全長 240 公里，沿途旅人絡繹不絕。
- 萊茵河遊船資訊：
  1. KD 科隆—杜塞道夫德國萊茵遊輪公司網站（英文版）
     https://www.k-d.com/en/

  2. 賓根—呂德斯海姆定期遊船網站（英文版）
     http://www.bingen-ruedesheimer.de/?lang=en

露迪斯海姆
Rüdesheim

05-22

　　露迪斯海姆是以葡萄田和萊茵河聞名。當地有一條斑鳩小巷，酒館裡有現場演唱，夜夜笙歌到天明。露迪斯海姆特調咖啡，是當地一種含有白蘭地的咖啡。

哪裡有提供現場演奏的餐廳呢？
Wo gibt es ein Restaurant mit Live-Musik?
Where there is a restaurant with live music?

我要一杯露迪斯海姆特調咖啡。
Ich möchte einen Rüdesheimer Kaffee.
I want a Rüdesheim coffee.

德勒斯登
Dresden

05-23

　　德勒斯登有「易北河的翡冷翠」之稱，是藝術與文化之都。擁有薩克森王國的象徵——茨溫格宮，及用25,000片邁森磁磚描繪而成的壁畫——君主出巡。

我想搭易北河的周遊觀光船。
Ich möchte eine Bootsfahrt auf der Elbe machen.
I want to take a boat trip on the river Elbe.

請帶我到漢堡觀光船搭乘處。
Bitte zum Einstieg für die Hamburger Ausflugs-Boote.
Please bring me to the boarding place for the Hamburg excursion boats.

這些全部都是邁森瓷器嗎？
Dies ist alles Meißner Porzellan, oder?
This is all Meissen porcelain, right?

國家公園
Nationalparks

05-24

　　鄰近北德國地區有莫利茨國家公園和亞斯蒙德國家公園，是擁有遼闊自然美景的國家公園。可以享受騎腳踏車兜風或徒步長征的樂趣。

可以告訴我莫利茨國家公園幾條不錯的散步路線嗎？

Können Sie mir ein paar gute Wanderwege für den Nationalpark Müritz nennen?

Can you suggest some good hiking trails for the National Park Müritz?

這裡有亞斯蒙德國家公園的地圖或簡介資料嗎？

Gibt es hier eine Karte des Nationalparks Jasmund oder irgendwelche Info-Materialien?

Do you have a map of the Jasmund National Park or any information material?

長征旅行
Längere Reisen

05-25

　　一邊優閒地體驗近在咫尺的大自然，一邊以徒步方式的長征旅行，是歐洲相當風行的戶外活動。

我想要了解長征旅行隊的行程。

Ich möchte Informationen über längere Reiserouten haben.

I want to have information on long routes.

長征旅行隊的行程有多遠呢？

Wie lang sind die Routen für weitere Reisen?

How long are the routes for longer trips?

仙蹤之路
Fantastische Straße

05-26

　　這是一條縱貫德國西南部的風景線，起自海德堡，終至康斯坦茨縣，約 400 公里。沿途經過黑森林、博登湖，和赫曼‧赫賽的出生地卡爾士等地。位於巴登—符登堡邦的司徒加，是一個連市中心都被葡萄田和綠地圍繞的美麗城市。

卡拉卡拉澡堂開放到什麼時候呢？
Bis um wie viel Uhr ist die Caracalla-Therme geöffnet?
Until what time is the Caracalla Spa open?

通往霍亨索倫堡的巴士是什麼時候出發呢？
Wann fährt der Bus zur Burg Hohenzollern ab?
When does the bus for the castle Hoenzollern leave?

圖賓根擁有被讚譽為德國名城的霍亨索倫堡。
Tübingen ist in Deutschland für die Burg Hohenzollern berühmt.
Tübingen is famous in Germany for the castle Hohenzollern.

黑森林
Schwarzwald

05-27

　　因森林浴發祥地聞名。不妨學習德國當地的遊客，享受休閒散步黑森林的樂趣。裡面的大群湖泊和樹木會隨季節的變幻，讓黑森林呈現各種不同的風貌。

哪一班是開往黑森林的巴士呢？
Welcher Bus fährt zum Schwarzwald?
Which bus goes to the Black Forest?

在哪裡可以搭到纜車呢？
Wo geht es bitte zur Seilbahn?
How do I get to the cable car, please?

布穀鳥時鐘是最受歡迎的紀念品。
Kuckucksuhren sind die beliebtesten Souvenirs.
Cuckoo clocks are the most popular souvenirs.

溫泉區
Kurbadbereich

05-28

　　亞琛、巴登—巴登都是有名的溫泉療養地，Kurhaus 是真正以療養為訴求的溫泉療養館。一般德國溫泉由於泉水溫度較低，水中富含礦物鹽，泡完後記得用清水沖洗身體，否則殘留在身上的礦物鹽可能會刺激皮膚。

要穿泳衣入池嗎？〔男性 / 女性〕
Muss man Badekleidung anziehen, wenn man ins Wasser möchte? (Mann / Frau)
Is it necessary to wear a swimsuit when going into the water? (man / woman)

好舒服啊！
Ah, das ist wirklich entspannend!
Ah, this is really relaxing!

這裡有提供按摩 / 修指甲服務嗎？
Gibt es hier Massage- / Nagelpflegeservice?
Do you have massage / manicure service?

阿爾卑斯之路
Alpenstraße

05-29

　　阿爾卑斯之路是一條由巴伐利亞的阿爾卑斯山區，通往奧地利的山道，東起貝希特絲加登，西至博登湖，途中行經德國最高峰祖格峰（標高 2962 公尺），可在此享受登山、滑雪、雪地滑板等運動。

　　著名的希特勒山莊則位在德國第二高峰——瓦茨曼山的附近山上，目前已開放給民眾參觀。

好漂亮的景色啊！
Das ist eine wirklich schöne Landschaft!
That's a really beautiful landscape!

今天可以滑雪嗎？
Kann man heute Ski fahren?
Is it possible to ski today?

租一小時的滑板要多少錢呢？
Wie viel kostet es, ein Skateboard für eine Stunde zu mieten?
How much does it cost to rent a skateboard for an hour?

登山電車
Bergbahn

05-30

　　登山電車會登上德國最高峰——祖格峰，所以相當著名。旅客可以搭電車到海拔 2600 公尺祖格峰冰川平台，之後換搭冰河纜車繼續攻頂。

我想要搭乘能看到美景的登山電車。
Ich möchte mit der Bergbahn zu einem schönen Aussichtspunkt fahren.
I want to take the mountain railway to a beautiful viewpoint.

這裡可以買到車票嗎？
Kann man hier Bahn-Tickets kaufen?
Can I buy train tickets here?

還要多久才會到下一站？
Wie lange ist es bis zum nächsten Stopp?
How long until the next stop?

視野真好！
Der Blick ist wirklich schön!
The view is really beautiful!

浪漫之路
Romantische Straße

05-31

　　浪漫之路連結了從維爾茨堡開始到富森之間的 26 個浪漫的中世紀城市，全長約 350 公里，是一條相當受歡迎的觀光路線。途中串連了美麗的白堊城——新天鵝堡、列為世界遺產且擁有宮殿的維爾茨堡，以及以羅騰堡和丁克爾斯比爾為代表，至今仍有木造街坊留存的數個小城市。

這個城市真是太可愛了！
Die Stadt ist wirklich sehr hübsch!
The town is really pretty!

我彷彿置身在童話故事中一般。
Ich fühle mich wie im Märchen.
I feel like in a fairy tale.

新天鵝堡
Neuschwanstein

05-32

　　路德維希二世深受華格納的才華所傾倒，是眾所皆知的事，新天鵝堡就是他為了具體呈現華格納歌劇舞台上中世紀騎士的世界，所興建的城堡。這座花費鉅資興建的城堡，當初可是讓德國的國家財政一度陷入窘境，但這座留存至今的古堡，真的有如出自童話故事般的美麗動人。

好像童話故事裡面的城堡喔！
Es sieht wirklich wie ein Märchenschloss aus!
It really looks like a fairytale castle!

我想要更了解這座城堡的事情。
Ich will mehr über das Schloss wissen.
I want to know more about this castle.

石楠花之路
Heidestraße

05-33

　　起自漢堡的石楠花之路離海不遠，有北方的浪漫之路之稱。八月初到九月底是石楠花的花季。

魚市場在哪裡？
Wo ist der Fischmarkt?
Where is the fish market?

這石楠花真漂亮！
Das Heidekraut ist wirklich schön!
The heather looks really beautiful!

古堡之路
Burgenstraße

05-34

　　古堡之路是一條東西向觀光路線，從曼海姆開始，經過大學城街的海德堡、羅騰堡、紐倫堡和拜羅伊特等地，沿途因古城散布而得名。

你最喜歡哪座古堡呢？
Welches ist Ihre Lieblingsburg?
Which is your favorite castle?

我想要參觀交通博物館。
Ich möchte das Verkehrsmuseum besuchen.
I want to visit the Transport Museum.

聖誕市集
Weihnachtsmärkte

05-35

聖誕市集從聖誕節前四周，也就是德語稱為 Advent 的「聖靈降臨節」開始舉行。聖誕市集在德國各地皆有，以紐倫堡的最為知名，司徒加的聖誕市集號稱全世界規模最大，德勒斯登的聖誕市集歷史最悠久，都是鄰近諸國觀光客爭相拜訪的聖誕市集。

請給我一杯熱紅酒 / 一個聖誕水果蛋糕 。
Bitte einen Becher Glühwein / einen Christstollen.
Please a mug of mulled wine / a Christmas stollen.

司徒加 / 紐倫堡的聖誕市集營業到幾點呢 ？
Bis um wie viel Uhr ist der Weihnachtsmärkte in Stuttgart / Nürnberg geöffnet?
Until what time is the Christmas market in Stuttgart / Nürnberg open?

實用字彙

玻璃工藝品
Glaskunstartikel *(pl.)*
glass art articles

燭臺
Kerzenständer *(m.)*
candlestick

聖誕樹的裝飾品
Weihnachtsschmuck *(m.)*
Christmas decorations

聖誕薑餅
Lebkuchen *(m.)*
gingerbread

童話之路
Märchenstraße

05-36

童話之路從哈瑙到北邊的不萊梅，全長約 600 公里。這是一條和格林兄弟有關的街道，哈默爾恩市從五月中旬到九月中旬的每個星期日是

《花衣魔笛手》露天劇場的演出時間。童話之路上有「童話之路音樂隊」的銅像，據說只要摸驢子的腳就可以為自己帶來好運。位於卡賽爾的格林兄弟博物館，完整蒐集有關格林兄弟的資料。這片與格林兄弟淵源深厚的土地，也能看到因睡美人聞名的沙巴堡、漢明登和萊茵哈特森林等。

我想要沿著童話之路兜風到不萊梅 / 萊茵哈特森林。
Ich möchte die Märchenstraße entlang bis nach Bremen / zum Reinhardwald.
I want to travel along the fairy tale road to Bremen / to the Reinhardwald.

有在上演《花衣魔笛手》的露天劇場嗎？
Gibt es eine Freilichtbühne, auf der "Der Rattenfänger von Hameln" aufgeführt wird?
Is there an open-air stage that gives the "Pied Piper"?

你知道格林兄弟博物館 / 睡美人宮殿（沙巴堡）怎麼去嗎？
Wie komme ich zum Gebrüder-Grimm-Museum / Dornröschenschloss (Schloss Saba)?
How do I get to the Brothers Grimm Museum / Sleeping Beauty Castle (Schloss Saba)?

格林兄弟的出生地是哈瑙。
Hanau ist der Geburtsort der Brüder Grimm.
Hanau is the birthplace of the Brothers Grimm.

你們有格林童話的繪本嗎？
Haben Sie Bildbücher der Grimm'schen Märchen?
Do you have picture books of the Grimm fairytales?

格林兄弟的銅像在哪裡呢？
Wo ist die Bronzestatue der Gebrüder Grimm?
Where is the bronze statue of the Brothers Grimm?

05-37

哪一塊是羅蕾萊岩呢？
Welches ist der Fels der Lorelei?
Which one is the rock of the Lorelei?

我準備了一套魔女裝扮過來。
Ich habe ein Hexenkostüm bereitgelegt.
I have come with witch costume.

請你也教我跳舞好嗎？
Kannst du mir auch das Tanzen beibringen?
Can you also teach me to dance?

請幫我以笛子為背景拍張照好嗎？
Können Sie ein Bild von mir mit der Flöte im Hintergrund machen?
Can you take a picture of me with the flute in the background?

德國還有什麼其他的傳說嗎？
Gibt es noch andere deutsche Legenden?
Are there other German legends?

實用字彙

老鼠
Ratte *(f.)*
rat

女巫
Hexe *(f.)*
witch

惡魔
Teufel *(m.)*
devil

五朔節前夕
Walpurgisnacht *(f.)*
Walpurgis Night

花衣魔笛手
Rattenfänger *(m.)*
Pied Piper

- **羅蕾萊傳說**：一位女性在對不誠實的戀人感到失望萬分之後，縱身投入萊茵河化身為妖精，專門致人於死的故事。
- **尼伯龍根的指環**：關於一只沉落到萊茵河底，能支配全世界的指環，以及眾神與諸勇士相互爭奪的故事。
- **赫茲山地的女巫傳說**：因歌德名著《浮士德》中的「華爾布幾斯之夜（Walpurgis）」而聲名大噪。每年四月三十日，會有人裝扮成巫婆、惡魔，從世界各地聚集到這個地方來，徹夜舉行盛大的慶典。
- **花衣魔笛手**：故事裡的捕鼠男之家現在已成了著名的餐廳，而由薄片豬肉巧裝老鼠尾巴而成的「鼠尾菜」，則是店中的名菜。每年五月中至九月中旬的每個星期日，童話之路上的哈默爾恩市，自 12 點開始有《花衣魔笛手》的露天劇場開演。

 # 偉大的文學家

歌德（1749～1832）

Johann Wolfang von Goethe

出生於緬因河畔的法蘭克福。詩人、劇作家、小說家、科學家、哲學家、政治家。

代表作品：《鐵手騎士葛茲・馮・貝利欣根》、《少年維特的煩惱》、《浮士德》等。

席勒（1749～1805）

Friedrich Schiller

出生於巴登─符登堡的司徒加。詩人、歷史學者、劇作家、思想家。

代表作品：《強盜》、《唐・卡洛斯》、《華倫斯坦三部曲》、《威廉・泰爾》、《三十年戰爭史》等。

格林兄弟（兄：雅各‧格林 1785～1863）
（弟：威廉‧格林 1786～1859)

Gebrüder Grimm

　　出生於赫森邦的哈瑙市。語言學者、文獻學者、民間故事收集家。

　　代表作品：《格林童話》。

湯瑪斯曼（1875～1955）

Thomas Mann

　　出生於呂貝克。以《布登布魯克家族 —— 一個家族的衰敗》獲得諾貝爾文學獎。

　　代表作品《小人物弗利德曼先生》、《魔山》、《國王的神聖》、《浮士德博士》等。

赫曼‧赫塞（1877～1962）

Hermann Hesse

　　出生於巴登—符登堡的卡爾市。1946 年以《玻璃球遊戲》獲得諾貝爾文學獎。

　　代表作品：《鄉愁》、《車輪下》、《荒野之狼》、《生命之歌》等。

十月嘉年華
Karneval

05-38

　　從九月底開始，進行到十月份的啤酒嘉年華。著名的慕尼黑啤酒嘉年華是全世界規模最大，活動期間有高達 600 萬人次的遊客湧入，陶醉於美味啤酒中。

遊行已經開始了嗎？
Hat der Umzug schon begonnen?
Has the pageant already begun?

真是個適合觀光的天氣啊！
Es ist wirklich ein gutes Wetter für Tourismus!
It really is a good weather for tourism!

你有看到遊行嗎？
Hast du den Umzug gesehen?
Did you see the pageant?

你在吃什麼東西？
Was isst du da gerade?
What are you eating?

這附近有廁所嗎？
Gibt es hier in der Nähe eine Toilette?
Is there a toilet near here?

實用字彙

男廁	女廁	空
Herrentoilette (f.)	**Damentoilette** (f.)	**frei**
male toilet	female toilet	vacant

> 註 德國街上設有公共廁所，大部分都是需要付費。歐美國家上廁所前沒有敲門確認的習慣，要進入前請利用 besetzt（使用中）字樣確認裡面是否有人。

皇家啤酒屋
Hofbräuhaus

05-39

　　慕尼黑皇家啤酒屋，是一家客人從世界各地慕名而來的知名啤酒屋。前身是皇家釀造所，也因為希特勒在此發表納粹演説而聞名。

可以進去了嗎？
Kann man reingehen?
Can on go inside?

我要小杯／大杯的啤酒。
Ich möchte ein kleines / großes Glas Bier.
I want a small / large glass of beer.

啤酒釀造廠
Brauerei

05-40

　　德國境內約有 1300 多家啤酒釀造廠，釀造出 5000 個品牌以上的啤酒。據說以前一條街就出產一種啤酒。那時代流行過一句格言：「要喝啤酒，就要在啤酒工廠煙囪陰影會落下的範圍之內喝。」這是和土地密不可分的喝啤酒態度。

這附近有啤酒釀造廠嗎？
Gibt es hier in der Nähe eine Brauerei?
Is there a brewery in the vicinity?

有啤酒之旅的行程嗎？
Gibt es eine Probiertour für Biere?
Is there a tasting tour of beers?

我要一桶啤酒。
Ich möchte ein Fass Bier.
I would like a keg of beer.

剛釀好的啤酒真是好喝！
Frischgebrautes Bier ist wirklich lecker!
Freshly brewed beer is really tasty!

摩澤爾河河谷
Moseltal

05-41

　　摩澤爾河流域是著名的高級葡萄酒產地，也是德國最昂貴的葡萄田——伯恩卡斯特—庫斯特的所在地。德國擁有豐富的名勝古蹟觀光景點，但建議各位不妨花些時間在摩澤爾河河谷上，感受葡萄田那極具抒壓效果的自然景致。

你可以告訴我有哪條不錯的健行路線嗎？
Können Sie mir hier einen guten Wanderweg in der Nähe nennen?
Can you suggest a good hiking trail near here?

這附近有腳踏車出租店嗎？
Gibt es hier in der Nähe eine Fahrradvermietung?
Is there a bike hire close by?

我想要騎腳踏車兜風。
Ich möchte Rad fahren.
I want to ride a bike.

這裡的葡萄田坡度 68 度，是全歐洲斜度最大的葡萄田。
Die Weinberge haben hier eine Neigung von 68. Das ist die größte Neigung für Weinberge in ganz Europa.
The vineyards here show an inclination of 68 degrees. This is the steepest inclination for vineyards in all of Europe.

葡萄酒廠
Weinkellerei

05-42

　　參觀葡萄酒廠除了參觀葡萄田、葡萄品種、酒窖和銷售設備之外，還能試飲，但是要記得事先預約喔！

酒廠開放參觀和試飲嗎？
Gibt es bei diesem Weingut Besichtigungen und Weinproben?
Does this windery offer tours and tastings?

所有的參訪都必須事先預約。
Alle Besichtigungen müssen im Voraus gebucht werden.
All visits must be booked in advance.

好漂亮的葡萄田啊！我們可以摘葡萄嗎？
Die Weinberge sind wirklich schön! Können wir Weintrauben pflücken?
The vineyards are really nice! Can we pick grapes?

收成的季節是什麼時候呢？
Wann ist Erntezeit?
When is harvest time?

剛剛試飲的這一款酒帶酸味，有輕一點的嗎？
Der Wein, den wir gerade probiert haben, ist etwas sauer. Gibt es einen etwas leichteren?
The wine we just tried is slightly acidic. Is there a little lighter variety?

您們有提供國際貨運服務嗎？
Bieten Sie internationalen Versand?
Do you offer international shipping?

實用字彙

帶水果風味的
Fruchtig
fruity

輕的 / 重的
Leicht / Schwer
light / heavy

澀澀的 / 帶酸味的
Herb / Sauer
dry / sour

玩具 / 木製品
Spielzeuge / Holzwaren

05-43

　　德國有很多製作精美的玩具，例如鐵路模型、汽車模型等，各地也有玩具博物館，其中最有名的是紐倫堡玩具博物館，每年世界規模最大的玩具商品展示會都在此舉行。另外，非常推薦到木頭玩具發源地——賽芬鎮去看一看。

德國玩具的品質很好。
Die Qualität deutscher Spielzeuge ist sehr gut.
The quality of German toys is very good.

我會買一些樂高積木回去當禮物。
Ich werde einige Legosteine als Mitbringsel kaufen.
I'll buy some Lego bricks as souvenirs.

這件木製品真是精美啊！
Dieses Holzprodukt ist wirklich schön gearbeitet!
This wood product is really beautifully crafted!

木偶在台灣也很受歡迎。
Holzpuppen sind in Taiwan auch sehr beliebt.
Wooden dolls are also very popular in Taiwan.

包浩斯
Bauhaus

05-44

　　包浩斯是一所在 1919 年時合併工藝學校和美術學校而成的學校。教育內容以工業設計為中心，短短十四年時間，學校理念和思想就對後世產生了極深遠的影響。

　　柏林有一座包浩斯學校的展示館；威瑪市也有一座相關博物館。德劭市的包浩斯附有商店，除了銷售一些作品集與雜貨，也有提供住宿的旅館。

買得到包浩斯所設計的商品嗎？
Kann man irgendwelche Produkte mit Bauhaus-Design kaufen?
Can I buy any products with Bauhaus design?

這設計真是新穎！
Dieses Design ist wirklich neuartig!
This design is really novel!

包浩斯的特色是什麼呢？
Was ist das Besondere am Bauhaus-Design?
What is special about the Bauhaus design?

德國汽車
Deutsche Autos

05-45

　　在司徒加有賓士博物館、保時捷博物館；慕尼黑有 BMW 博物館；沃爾斯夫堡則是福斯汽車城。舉凡歷代名車、跑車等令車迷們憧憬的汽車，都在這些汽車博物館中有展示。

我喜歡德國製的汽車。
Ich mag in Deutschland hergestellte Autos.
I like cars manufactured in Germany.

我想要開看看這種車。
Ich möchte einen Blick auf dieses Auto werfen.
I want to take a look at this car.

我想要拜訪福斯汽車的故鄉 / 保時捷博物館 / BMW 博物館。
Ich möchte die Heimat von Volkswagen / das Porsche-Museum / das BMW-Museum besuchen.
I want to visit the home of Volkswagen / Porsche Museum / BMW Museum.

產業遺產
Industriekulturerbe

05-46

　　埃森的關稅同盟煤礦工業區，是著名的煤礦產業遺產（世界文化遺產），產業技術類博物館有慕尼黑的德國博物館（體驗型博物館），是世界知名的博物館，其他還有史翠斯翰的飛機裝備收藏博物館（航太博物館）等。

這輛巴士是到柏林博物館 / 關稅同盟煤礦工業區嗎？

Fährt dieser Bus bis zum Berliner Stadtmuseum / zur Zeche Zollverein?

Does this bus go to the Berlin City Museum / Zeche Zollverein?

古騰堡發明的印刷機在哪裡展示呢？

Wo ist de Druckerpresse ausgestellt, die von Gutenberg erfinden worden ist?

Where can on see the printing press that was invented by Gutenberg?

 偉大的發明家

古騰堡（1390～1468）

Gutenberg

　　出生於緬因茲。

　　文藝復興三大發明之一——活字印刷的發明者，將一般的葡萄壓榨機改造成印刷機，所印製的聖經絕大多數由 42 行所組成，因而有「四十二行聖經」之稱。在亞洲只有慶應義塾大學有相關收藏。

愛因斯坦（1879～1955）

Einstein

　　出生於巴登－符登堡邦的烏爾姆。

發表特殊相對論、一般相對論等理論，獲得諾貝爾物理學獎。位於烏爾姆的愛因斯坦噴泉以吐舌造型聞名，其吐舌表情是愛因斯坦在 72 歲生日時，被記者要求「笑一個」時所扮的表情。

世界遺產
Weltkulturerbe

05-47

你參觀過哪些世界遺產呢？
Welche Weltkulturerbstätten hast du dir angeschaut?
Which World Heritage sites have you seen?

你們有夜間行程嗎？
Haben Sie eine Nachtreise?
Do you offer a night trip?

德國世界遺產

　　德國的世界遺產共計 40 處（2016 年世界遺產網站）。這些文化遺產或自然遺跡都具有它獨特的魅力，建議各位不妨親自去探訪那些地方。

■ 亞琛大教堂（Aachener Dom）
■ 施派爾大教堂（Speyerer Dom）
■ 維爾茨堡的宮殿、花園和廣場（Würzburger Residenz, Hofgarten und Residenzplatz）
■ 巴伐利亞邦施泰因加登鎮的維斯朝聖教堂（Wieskirche in Stein-gaden, Bayern）
■ 布呂爾的奧古斯都堡與獵趣園（Schlösser Augustusburg und Falkenlust, Brühl）
■ 希爾德斯海姆的聖瑪利亞大教堂和聖米歇爾教堂（Michaeli-skirche und Sankt Mariä Himmelfahrt, Hildesheim）
■ 特里爾的羅馬時期建築、聖彼得大教堂、聖母教堂（Römische Bauten, Domkirche Sankt Peter und Liebfrauenkirche, Trier）

- 呂貝克的舊市街（Lübecker Altstadt）
- 波茨坦的無憂宮和公園（Schloss Sanssouci und Schlossgarten, Potsdam）
- 洛爾施修道院和教堂（Kloster Lorsch）
- 戈斯拉爾古城與拉默爾斯貝格舊礦山（Altstadt Goslar und Erzbergwerk Rammelsberg）
- 班堡的中世紀古城遺蹟（Mittelalterliche Baudenkmäler in Bamberg）
- 毛爾布龍修道院建築群（Kloster Maulbronn）
- 奎德林堡的牧師會教堂、城堡和古城（Stift Quedlinburg）
- 弗爾克林根鋼鐵廠（Eisenhütte Völklingen）
- 梅賽爾坑化石遺址（Fossilienlagerstätte Grube Messel）
- 科隆大教堂（Kölner Dom）
- 包浩斯博物館（Bauhaus-Museum）
- 古典威瑪（Klassisches Weimar）
- 艾斯雷本和維騰柏格的馬丁‧路德故居（Martin-Luther-Stätten in Eisleben und Wittenberg）
- 修道院之島——賴興瑙島（Klosterinsel Reichenau）
- 柏林博物館島（Berliner Museumsinsel）
- 德紹—沃利茨園林王國（Wörlitzer Gartenreich, Dessau-Wörlitz）
- 埃森的關稅同盟煤礦工業區（Zeche und Kokerei "Zollverein" in Essen）
- 萊茵河中上游流域（Kulturlandschaft Mittelrhein zwischen Koblenz und Bingen）
- 施特拉爾松德舊市街與維斯馬歷史中心（Historische Stadtkerne von Stralsund und von Wismar）
- 羅馬帝國遺蹟：上日耳曼一雷蒂安邊牆（Römische Baudenkmäler: Der römische Limes in den Bundeländern Baden-Württemberg, Bayern, Hessen und Rheinland-Pfalz）
- 馬扎科夫斯基公園（Der Muskauer Park / Park Muzakowski）
- 不萊梅市政廳和羅蘭雕像（Rathaus und Roland in Bremen）
- 巴特‧穆斯考（Bad Muskau）
- 雷斯根堡老城及施達特阿姆霍夫城區（Altstadt von Regensburg

mit Stadtamhof）

- 喀爾巴阡山脈原始山毛櫸森林和德國古山毛櫸森林（Weltna-turerbe Alte Buchenwälder Deutschlands）
- 柏林現代住宅群落（Wohnsiedlungen der Berliner Moderne）
- 瓦登海（Naturpark Wattenmeer）
- 阿爾費爾德的法古斯工廠（Fagus-Werke in Alfeld）
- 阿爾卑斯山的史前木樁棲息建築（Pfahlbauten im Umland der Al-pen）
- 拜律特的侯爵歌劇院（Markgräfliche Opernhaus in Bayreuth (Bay-ern)）
- 威海姆蘇赫山地公園（Kasseler Bergpark Wilhelmshöhe）
- 加洛林教堂與思維塔斯修道院（Karolingische Kirche und Civitas Corvey）
- 漢堡市的Chile大樓（Chilehaus, Hamburg）

第6章

購物

Einkaufen

Shopping

從第一眼就讓你愛不釋手的實用物品,
到美味的葡萄酒、好玩的玩具,
各種品質精良的德國當地禮品盡在本章。
把用得上的會話都搬出來吧!
看上眼的東西,
別讓它們逃出你的手掌心!

市場
Märkte

德國各地都有市場，開放的時段也很頻繁。不論到哪個國家都一樣，可以從市場裡賣的東西隱隱約約看出該國或該城市的文化、社會生活以及家庭生活的片段。在市場也經常可以發現一些令人意想不到的驚奇和寶藏。

這附近有跳蚤市場 / 花市嗎？
Gibt es in der Nähe einen Flohmarkt / Blumenmarkt?
Is there a flea market / flower market close by?

跳蚤市場開到什麼時候呢？
Bis um wie viel Uhr läuft der Flohmarkt?
Till what time will the flea market be open?

這是做什麼用的呢？這是一組的嗎？
Wozu ist das brauchbar? Ist das ein Set?
What is that for? Is this a set?

可以算便宜一點嗎？
Geht es ein wenig billiger?
Can you make it a little bit cheaper?

如果這一起買，可以算便宜一點嗎？
Wird es etwas billiger, wenn ich das hier zusammen kaufe?
Is it a bit cheaper if I buy these items together?

太貴了。還是太貴了。
Zu teuer. Immer noch zu teuer.
Too expensive. Still too expensive.

我先逛一圈看看。
Ich schaue mich erst einmal etwas um.
I will first have a look around.

關於德國市場

　　一般在周末的時候，德國各地都會開辦市場。其中幾個特定地方的市場規模會比較大。除了當地民眾外，也有很多外來的觀光客喜歡來這裡逛逛。

- 法蘭克福美術館大道上的市場
- 柏林阿爾科納廣場中的市場
- 莫里茨廣場的市場
- 司徒加的席勒廣場中的「花市」（每周二、四、六上午開辦）
- Auer Dult 是慕尼黑定期開辦的古董市場、跳蚤市場，非常有名，每年四月、八月、十月開辦

價格 / 折扣
Preise / Rabatte

06-02

　　先提醒各位，在德國的百貨公司或專賣店是沒有辦法和店家討價還價的，不過在跳蚤市場或是一般市場就另當別論。不妨學幾句相關會話，享受一下討價還價的樂趣。

我的預算有限，可以算我便宜一點嗎？
Mein Budget ist begrenzt. Geht es auch günstiger?
My budget is limited. Is there something even cheaper?

我很想要，但太貴了。可以有折扣嗎？
Ich möchte das kaufen, aber der Preis ist zu hoch.
Können Sie mir einen Rabatt geben?
I want to buy, but the price is too high. Can you give me a discount?

不好意思，我看還是算了好了。
Entschuldigung, aber das wird wohl nichts.
Sorry, but this doesn't seem to work out.

早市
Morgenmarkt

哪裡有早市呢？
Wo gibt es einen Morgenmarkt?
Where can I find a morning market?

市集廣場裡有一個市場。
Auf dem Marktpatz gibt es einen Markt.
On the market place there is a market.

早市可以買到蔬菜 / 花 / 家常配菜。
Auf dem Morgenmarkt kann man Gemüse / Blumen / hausgemachte Beilagen kaufen.
On the morning market, one can buy vegetables / flowers / homemade side dishes.

明天會有早市嗎？從幾點開始呢？
Gibt es morgen einen Morgenmarkt? Ab wann beginnt er?
Will there be a morning market tomorrow? At what time does it begin?

我要如何到那裡呢？
Wie komme ich dorthin?
How do I get there?

實用字彙

水果
Früchte *(pl.)*
fruit

肉
Fleisch *(n.)*
meat

麵包
Brot *(n.)*
bread

日用雜貨
Lebensmittel *(pl.)*
household supplies

起司
Käse *(m.)*
cheese

超級市場
Supermärkte

06-04

　　雖然德國有很多市場,但大部分的德國人要購買日常生活用品,還是習慣到超級市場選購。

你可以幫我秤一下它多重嗎?
Können Sie mir helfen, das hier einmal abzuwiegen?
Can you help me to weigh this here?

我需要一個塑膠袋。
Ich brauche eine Plastiktüte.
I need a plastic bag.

加油站
Die Tankstelle

06-05

　　德國大部分的加油站都會附設販賣部,裡面供應飲料、雜誌、零食、日用雜貨等商品,找不到便利商店時也可以到加油站買東西喔!

最近的加油站在哪裡?
Wo ist die nächste Tankstelle?
Where is the nearest gas station?

請問牙膏 / 洗髮精 / 毛巾放在哪裡?
Wo ist Zahnpaste / Shampoo / sind Handtücher?
Where is toothpaste / is shampoo / are towels?

商店
Der Kaufladen

06-06

請問藥局 / 室內雜貨店 / 郵局 / 售票中心在哪裡？

Wo bitte ist eine Apotheke / ein Inneneinrichtungsladen / die Postamt / der Kartenverkauf?

Where do I find the drug store / interior design shop / post office / ticket vendor?

這附近最大間的百貨公司 / 書店在哪裡呢？

Wo ist das größte Kaufhaus / der größte Buchladen hier in der Nähe?

Where is the biggest department store / bookstore in the neighborhood?

✈ 各類商店 Unterschiedliche Geschäfte

購物中心
Einkaufszentrum *(n.)*
shopping mall

咖啡店
Kaffeehaus *(n.)*
coffee shop, cafe

陶瓷器店
Porzellanladen *(m.)*
china shop

專賣店
Exklusivverkaufsladen *(m.)*
exclusive sales shop

眼鏡店
Brillenladen *(m.)*
optician

禮品店
Geschenkboutique *(f.)*
gift boutique

玩具店
Spielzeugladen *(m.)*
toy store

文具店
Schreibwarenladen *(m.)*
stationary store

酒店
Weinhandlung *(f.)*
wine shop

運動用品店
Sportwarenladen *(m.)*
sporting goods store

家具店
Möbelladen *(m.)*
furniture shop

CD 店
CD-Laden *(m.)*
CD shop

鞋店
Schuhladen *(m.)*
shoe store

珠寶店
Juwelier *(m.)*
jewelry store

刀具店
Werkzeugladen *(m.)*
tool shop

鐘錶店
Uhrenladen *(m.)*
watch shop

樂器行
Musikinstrumenteladen *(m.)*
musical instruments shop

民俗藝品
Volkskunstladen *(m.)*
folk art shop

藥局
Apotheken

  `06-07`

　　在旅行中突然覺得身體不適，又不覺得嚴重到需要看醫生，只是需要一些藥物應急的時候，就可以到藥局去拿藥。當隨身日常雜貨或化妝品等剛好用完時，藥局也是一個非常便利的補給商店，還可以趁機瞭解德國人對於保健的看法，所以在旅行中逛逛藥局也是挺有趣的！

你們有賣感冒藥 / 頭痛藥嗎？
Haben Sie Grippemedizin / Kopfschmerztabletten?
Do you have flu medicine / headache pills?

在德國比較受歡迎的化妝品品牌是哪一個呢？
Welche Make-up-Marke ist in Deutschland beliebt?
What makeup brand is popular in Germany?

退燒藥
Fiebermittel *(n.)* **/ Antipyretika** *(pl.)*
antipyretics

消炎藥
Anti-Entzündungsmittel *(n.)*
anti-inflammatory medicine

拉肚子
Durchfall *(m.)*
diarrhea

身體保養用品
Körperpflegemittel

  06-08

　　德國非常注重保健，對於足部保養尤其重視，藥局裡面各種足部保養品應有盡有，像是泡腳用的沐浴鹽、受損足部專用的保養乳霜或乳液等等。

我在找舒緩放鬆效果較好的沐浴用品。
Ich suche Badeprodukte mit guter Entspannungswirkung.
I am looking for bath products with a good relaxation effect.

哪一項商品對皮膚比較好呢？
Welches Produkt ist gut für die Haut?
Which product is good for the skin?

實用字彙

沐浴鹽
Badesalz *(n.)*
bath salt

乳霜
Creme *(f.)*
lotion

膠
Gel *(n.)*
gel

室內雜貨
Inneneinrichtungsartikel

06-09

　　德國的日用品或日用雜貨的設計，很多是在台灣看不到的。帶一些流行的科吉奧或包浩斯設計的廚房用品回去送人，收禮物的人一定會很高興的！

這裡有賣室內雜貨的店嗎？
Gibt es hier ein spezialisiertes Geschäft für Inneineinrichtungsartikel?
Is there a specialized shop for interior design goods?

我想要找一些設計精美的室內雜貨。
Ich suche schön gestaltete Inneneinrichtungsartikel.
I am looking for beautifully designed interior products.

我想要買科吉奧／包浩斯設計的廚房用品。
Ich möchte Küchenartikel mit einem Design von Koziol / Bauhaus kaufen.
I want to buy kitchenware with a design by Koziol / Bauhaus.

商店街
Einkaufsstraßen

06-10

這個城市的購物中心在哪裡呢？
Wo ist das Einkaufszentrum in dieser Stadt?
Where is the shopping center in this city?

附近最大的購物中心在哪裡呢？
Wo ist das größte Einkaufszentrum in der Nähe?
Where is the largest shopping center in the vicinity?

德國著名的商店街

- 法蘭克福的采爾大道（Zeil）
- 柏林的庫坦大道（Kurfürstendamm）
- 波茨坦廣場（Potsdamer Platz）購物中心
- 慕尼黑的馬克西米利安街（Maximilianstraße）

暢貨中心
Outlet Center

06-11

　　浪漫之路上有一家名為「威爾特海姆購物村」（Wertheim Village）的暢貨中心，因為它的地點剛好讓旅客可以趁觀光的空檔購物，所以非常受歡迎。從法蘭克福搭車前往大約需要 60 分鐘。一般而言，只要是大一點的城市，都有暢貨中心。

這附近有什麼暢貨中心嗎？
Gibt es in der Nähe ein Outlet Center?
Is there an outlet center in the vicinity?

如果這幾個一起買，可以算便宜一點嗎？
Können Sie es billiger machen, wenn ich diese Artikel zusammen kaufe?
Can you make it cheaper if I buy these items together?

百貨公司
Kaufhäuser

06-12

　　最具代表性的德國百貨公司，有 Kaufhof（考夫霍夫）、Hertie（赫爾提）、Karstadt（卡爾施塔特）和 Horten（霍爾騰）。在德國百貨公司可以買到各大知名品牌的商品，營業時間一般從早上 9 點半至晚上 8 點，星期日公休。

這個鎮上有百貨公司嗎？
Gibt es in dieser Stadt ein Kaufhaus?
Is there a department store in this city?

赫爾提百貨／考夫霍夫百貨裡面有在賣相機嗎？
Kann man bei Hertie / Kaufhof Kameras kaufen?
Can one buy cameras at Herti / Kaufhof?

最近的購物中心在哪裡呢？
Wo ist das nächste Shopping Center?
Where is the nearest shopping center?

女裝／男裝／童裝在哪一樓？
Wo ist die Damenbekleidung / Herrenbekleidung / Kinderkleidung?
Where is the women's clothing / men's clothing / are children's clothes?

廁所在哪裡？
Wo finde ich eine Toilette?
Where can I find a toilet?

購物單字
Wichtige Wörter für den Einkauf

06-13

耳環
Ohrringe *(pl.)*
earrings

項鍊
Halskette *(f.)*
necklace

戒指
Fingerring *(m.)*
ring

口紅
Lippenstift *(m.)*
lipstick

香水
Parfüm *(n.)*
perfume

圍巾
Halstuch *(n.)*
scarf

肩背包
Schultertasche *(f.)*
shoulder bag

太陽眼鏡
Sonnenbrille *(f.)*
sunglasses

錢包
Portemonnaie *(n.)*
wallet

皮帶 / 領帶
Gürtel *(m.)* **/ Krawatte** *(f.)*
belt / necktie

手套
Handschuhe *(pl.)*
mufflers

披巾 / 絲巾
Schal *(m.)* **/**
Seidenschal *(m.)*
shawl / silk scarf

帽子
Hut *(m.)*
hat

鴨舌帽
Baseballkappe *(f.)*
baseball cap

臉部保養品
Gesichtspflegeprodukte *(pl.)*
facial care products

化妝水
Lotion *(f.)*
lotion

精華液 / 面膜
Essenz *(f.)* **/ Pflegemaske** *(f.)*
essence / care mask

護手霜
Handpflegecreme *(f.)*
hand care cream

護唇膏
Lippenbalsam *(n.)*
lip care balm

日霜 / 晚霜
Tagescreme *(f.)* **/ Nachtcreme** *(f.)*
day / night cream

眼霜
Augencreme *(f.)*
eye cream

流行時尚
Mode

  06-14

　　與強調華麗風格的義大利或時尚法國相比，德國人的衣著風格顯得樸實。不過，德國也有 JIL SANDER、HUGO BOSS、Escada 等知名品牌。但選擇輕鬆自在的服飾才最適合德國人的個性與品味，符合德國流行時尚精神的打扮！

現在這種設計流行嗎？
Ist dieses Design jetzt modern?
Is this style fashionable right now?

這個品牌在德國很有名嗎？
Ist diese Marke in Deutschland bekannt?
Is this brand well-known in Germany?

發源於德國的知名品牌

- **Escada＝仕女時尚**
  商品陣容涵蓋風格優雅的衣服、飾品、包包和香水等。
- **HUGO BOSS＝男士時尚**
  風格洗鍊，深受上班族喜愛。
- **BREE＝皮革製品**
  歷經 5 年、10 年之後，風味不減反增、手感極佳的皮革製品。
- **Trippen＝鞋子**
  以好穿和設計感獨特聞名，廣受世人的喜愛。
- **BIRKENSTOCK＝勃肯鞋**
  徹底追求機能美感，擁有一大群死忠的愛好者。

關於德式生活

　　珍惜物品、愛惜環境的德國人總是謹守下列生活信條：
- 抑制垃圾量增加，避免包裝過剩。
- 自備購物袋。
- 愛惜舊物；修理故障品。
- 禮物不求貴重，但求心意濃。

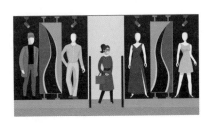

我想看櫥窗裡的那一件洋裝。
Ich möchte das Kleid im Schaufenster sehen.
I want to see the dress in the window.

這件襯衫是這一季的新款嗎？
Ist dieses Hemd ein Modell der neuen Saison?
Is this shirt a model of the new season?

有沒有可以搭配的裙子？
Haben Sie einen passenden Rock?
Do you have a matching skirt?

實用句型：我可以看櫥窗裡的……嗎？

我可以看櫥窗裡的……嗎？
Kann ich bitte...im Schaufenster sehen?
Can I see...in the display window?

🈺 在德文文法中，空格裡要加名字和準確的冠詞（der, die, das）。不過，旅客一律用 "das" ＋名字也可以溝通。例如：Kann ich bitte das Kleid im Schaufenster sehen?

實用字彙

上衣
Oberbekleidung *(n.)*
outerwear

T 恤
T-Shirt *(n.)*
T-shirt

毛衣
Pullover *(m.)*
pullover

針織衫
Strickhemd *(n.)*
knit shirt

西裝上衣 / 夾克
Jacke *(f.)*
jacket

大衣 / 外套
Mantel *(m.)*
coat

牛仔褲
Jeans *(f.)*
jeans

長褲
lange Hose *(f.)*
trousers

男士西裝
Herrenanzugshose *(f.)*
men's suit pants

女士套裝
Damenanzug *(m.)*
women's suit

泳裝 / 比基尼
Badeanzug *(m.)* **/ Bikini** *(m.)*
swimsuit / bikini

晚宴裝
Abendkleid *(n.)*
evening dress

試穿
Anprobieren

06-16

　　要試穿衣服以前，一定要先徵得店員同意，部分店家會規定試穿的數量，所以試穿之前最好先確認試衣間上所標示可以試穿的件數。

我想要試穿這個。
Ich möchte dies anprobieren.
I want to try this on.

這件褲子太緊 / 太鬆了。
Diese Hose ist zu eng / zu weit.
These pants are too tight / too loose.

我穿起來合適嗎？
Passt mir das?
Does it fit me?

非常適合！
Das passt sehr gut!
That fits very well!

你們可以幫我修改嗎？要付費用嗎？
Können Sie mir helfen, das zu ändern? Fallen Extrakosten an?
Can you help me to change that? Do you chrge extra fees for that?

什麼時候可以處理好呢？
Wann ist es wohl fertig?
When will it be finished?

試衣間
Anprobierkabine *(f.)*
change room

新上市
neu auf dem Markt
new on the market

顏色
Farben

06-17

這件風衣還有別的顏色嗎？
Gibt es diesen Mantel auch in anderen Farben?
Do you have this coat also in other colors?

現在流行什麼顏色？我喜歡土耳其藍的那件。
Welche Farbe ist jetzt populär? Ich mag dieses Kleidungsstück in Türkis.
What color is popular right now? I like this piece of clothing in turquoise.

有沒有明亮一點的顏色？
Gibt es auch hellere Farben?
Are there any lighter colors?

我喜歡淺一點 / 深一點的色調。
Ich mag blassere / intensivere Farben.
I like paler / more intense colors.

太花俏 / 樸素了。
Zu bunt / zu streng.
Too colorful / too strict.

有沒有……色的？
Gibt es die Farbe...?
Do you have the color...?

實用字彙

白色 **Weiß** *(n.)* white	紅色 **Rot** *(n.)* red	黑色 **Schwarz** *(n.)* black	黃色 **Gelb** *(n.)* yellow
綠色 **Grün** *(n.)* green	灰色 **Grau** *(n.)* grey	粉紅色 **Rosa** *(n.)* pink	紫色 **Violett** *(n.)* violet
棕色 **Braun** *(n.)* brown	米色 **Cremefarben** *(n.)* cream colored	橘色 **Orange** *(n.)* orange	金色 **Gold** *(n.)* golden
銀色 **Silber** *(n.)* silver	天空藍 **Himmelblau** *(n.)* skyblue	淡 / 深藍色 **Hell- / Dunkelblau** *(n.)* light / dark blue	海藍色 **Marineblau** *(n.)* navy blue
酒紅色 **Burgunderrot** *(n.)* burgundy	卡其 **Khaki** *(n.)* khaki	深、暗 **dunkel** dark	軍綠色 **Armeegrün** *(n.)* military green

尺寸
Größen

`06-18`

我的尺寸是美規的四號。
Meine Größe ist 4 nach dem amerikanischen System.
My size is 4 according to the American system.

尺寸不合。請讓我試穿大 / 小一號。
Die Größe passt nicht. Geben Sie es mir bitte eine Nummer größer / kleiner.
The size does not fit. Is there a larger / smaller size?

這是我的尺寸。
Das ist meine Größe.
This is my size.

這對我來說好像太大 / 小了。
Dies scheint mir zu groß / klein.
This seems too big / small for me.

這個有小朋友的尺寸嗎？
Gibt es das auch in Kindergrößen?
Are there also children's sizes?

台灣與德國尺寸對照表				
●男裝				
台灣	S	M	L	LL
德國	44-46	48-50	52-54	56
●女裝				
台灣	7	9	11	13	15
德國	34	38	40	42	44

✈ 身體各部位 Maße verschiedener Körperteile

身高
Größe *(f.)*
height

胸圍
Brustumfang *(m.)*
chest circumference

頸圍
Halsumfang *(m.)*
neck circumference

腰圍
Hüftumfang *(m.)*
hip circumference

臂圍
Armumfang *(m.)*
arm circumference

手臂長度
Armlänge *(f.)*
arm length

袖徑
Ärmeldurchmesser *(m.)*
sleeve diameter

肩寬
briete Schultern *(pl.)*
broad shoulders

鞋子
Schuhe

06-19

我想找高跟鞋 / 靴子。
Ich suche Schuhe mit hohen Absätzen / Stiefel.
I am looking for high-heeled shoes / boots.

您穿什麼尺碼？
Welche Größe tragen Sie?
What size do you wear?

我不是很確定。有 38 號的嗎？
Ich bin nicht sicher. Haben Sie Nummer 38?
I am not sure. Do you have size number 38?

我可以試試其它不同的尺寸嗎？
Kann ich verschiedene andere Größen anprobieren?
May I try on other sizes?

鞋子尺寸對照表							
●男鞋							
台灣	24.5	25	25.5	26	26.5	27	27.5
德國	39	40	41	42	43	44	45
●女鞋							
台灣	22	23	23.5	24	25	25.5	
德國	35～35.5	36～37	38	39	40		

鞋子
Schuhe *(pl.)*
shoes

踝靴
Stiefeletten *(pl.)*
ankle boots

皮鞋
Lederschuhe *(pl.)*
leather shoes

帆船鞋
Bootsschuhe *(pl.)*
boat shoes

運動鞋
Sportschuhe *(pl.)*
sport shoes

涼鞋
Sandalen *(pl.)*
sandals

全包淺口跟鞋
Geschlossene hochhackige Schuhe mit tiefem Einstieg *(pl.)*
Closed heeled shoes with shallow mouths

芭蕾舞鞋（平底鞋）
Ballettschuhe (flache Schuhe) *(pl.)*
ballet shoes (flat shoes)

夾腳拖
Flip-Flops *(pl.)*
flipflops

室內拖鞋
Pantoffeln *(pl.)*
slippers

靴子
Stiefel *(pl.)*
boots

木鞋
Holzschuhe *(pl.)*
wooden shoes

關於足部健康

　　德國人非常重視足部保養，父母們會讓孩子從小就開始穿好鞋保養足部。德國有所謂的 Orthopädie-Schuhmachermeister（簡稱 OSM），是擁有專業知識的足部健康醫療製鞋師傅，專門為國民的足部健康把關，德國民眾還得透過醫師的診斷書，才可以向整形外科製鞋師傅訂購鞋子，或請師傅推薦鞋子。不過，民眾也可以在一般鞋店買到 Birkenstock（勃肯鞋）這類應用整形外科知識製成的名品鞋。

運動品牌
Sportartikelmarken

06-20

世界知名的 Adidas 和 Puma 都是德國的運動品牌；而且這兩個品牌的創立者還是對兄弟！有興趣參觀總店的人，可從紐倫堡搭車到 Herzogenaurach 的總店去瞧瞧，而這兩個品牌的直營暢貨中心，只有在德國的這裡才有喔！

愛迪達 / 彪馬的暢貨中心多遠？
Wie weit ist es bis zu einem Verkaufszentrum von Adidas / Puma?
How far is it to the next sales center of Adidas / Puma?

你們的足球鞋 / 慢跑鞋放在哪一樓呢？
Wo finde ich Fußballschuhe / Laufschuhe?
Where can I find football shoes / running shoes?

皮件
Lederwaren

06-21

由於耐久性佳，越使用越能散發出個人風味的皮件，是天生珍惜物品的德國人的必備用品。德國發展出許多注重師傅製作技術的皮件品牌，例如：Comtesse（伯爵夫人）和 Goldpfeil（金箭）等，都是不受流行左右的傳統皮件名品。

你們有賣伯爵夫人的皮件嗎？
Haben Sie Lederwaren von Comtesse?
Have you leather goods by Comtesse?

可以告訴我怎麼保養它的皮革 / 皮包 / 鞋子嗎？
Können Sie mir sagen, wie ich Leder / eine Ledertasche / Lederschuhe pflegen muss?
Can you tell me how I have to take care of leather / a leather bag / leather shoes?

哪裡可以買到金箭的皮革 / 錢包呢？
Wo kann ich Leder / eine Geldbörse der Marke Goldpfeil kaufen?
Where can I buy leather / a purse by the brand Goldpfeil?

結帳
Abrechnung

06-22

　　出國旅行時，建議攜帶 2 張以上不同發卡公司的信用卡比較保險。支付旅行支票時，必須同時出示護照才能使用。

請問多少錢？
Wie teuer ist das?
How much is it?

您想要付現還是刷卡？
Wollen Sie bar oder mit Kreditkarte bezahlen?
Do you want to pay by cash or credit card?

我付現金，謝謝。可以使用旅行支票嗎？
Ich bezahle in Bargeld, danke. Kann ich Reiseschecks verwenden?
I pay in cash, thank you. Can I use traveler's checks?

你們店接受這張信用卡嗎？
Akzeptiert Ihr Geschäft diese Kreditkarte?
Does your company accept this credit card?

我可以用這張折價券嗎？
Kann ich diesen Coupon verwenden?
Can I use this coupon?

 在街上發送的免費傳單裡，有時候會提供店家專用的折價券。

實用字彙

現金
Bargeld *(n.)*
cash

找零
Wechselgeld *(n.)*
geben return change

抵用券
Gutschein *(m.)*
coupon

收據
Quittung *(f.)*
receipt

自動提款機
Geldautomaten

  06-23

　　使用國際金融卡可以把存在台灣銀行裡面的台幣轉換成當地的貨幣提領出來。建議出發前確認自己的金融卡是不是國際通用金融卡，一般會在卡片上印有 Cirruss 或 PLUS 字樣。

自動提款機幾點以前可以使用呢？
Bis wann kann man den Geldautomaten nutzen?
Until when can one use the ATM?

這附近有自動提款機嗎？
Gibt es in der Nähe einen Geldautomaten?
Is there an ATM close by?

退稅（附加價值稅 VAT）
Steuerrückerstattung
(Mehrwertsteuer)

  06-24

這裡購物可以免稅嗎？
Kann man hier ohne Mehrwertsteuer einkaufen?
Can I shop tax-fee here?

我可以跟你們要一張退稅申請書嗎？
Kann ich einen Antrag auf Steuerrückerstattung bekommen?
Can I please get an application for a tax refund?

請幫我辦理退稅。
Bitte helfen Sie mir bei der Steuerrückerstattung.
Please help me with the tax refund.

可以直接退回信用卡的戶頭嗎？
Kann ich die Erstattung direkt auf das Kreditkartenkonto bekommen?
Can I get a refund directly to the credit card account?

關於退稅

　　包含德國在內的歐盟會員國規定，境內商品必須課徵附加價值稅 VAT（目前為 19%，免稅店除外），凡來自歐盟會員國以外國家的旅客，可以在離開歐盟國家時獲得附加價值稅部分的退稅。退稅的對象：在免稅協會的免稅加盟店購物超過 25 歐元以上，並於三個月內離境者。扣除手續費後大約有 10〜13%的退稅款，想要獲得退稅，一定要記得在購物時出示護照，並請店員開立免稅文件。

■ **退稅的三種方式**（免稅戳章的辦理期限是自購買日期起的三個月之內）
　　1.在當地機場的退稅櫃台辦理退稅。
　　2.直接退回戶頭。
　　3.回國後在退稅櫃台辦理退稅。

■ **免稅物品收在托運行李箱裡面時**
　　在機場向航空公司辦理搭機手續時，可以當場提出：「我要辦理退稅手續。（ch möchte eine Steuerrückerstattung beantragen）」的要求，向航空公司領取行李兌換證後，把箱子送交海關，同時讓海關在免稅文件蓋上戳章後，再到退稅窗口（Cash Refund / Tax Free）提交免稅文件，就可以獲得退稅。

■ **免稅物品收在登機行李箱裡面時**

　　在機場向航空公司辦理報到手續以後，直接提著登機行李箱進入海關，將希望退稅的商品連同登機證、護照一起出示給海關的窗口，讓海關在商店製作的免稅文件蓋上戳章之後，再拿著這份免稅文件到退稅窗口辦理退稅。

退貨 / 換貨
Warenrückgabe / Warenumtausch

06-25

　　店家退換商品的規定不盡相同，但購買收據是一定要提供的，所以前往退換貨時，可別忘記攜帶收據。

這個地方好像有瑕疵 / 裂縫 / 髒汙。
Hier scheint es Mängel / Risse / Verschmutzungen zu geben.
There seem to be defects / cracks / dirt here.

我想換一個新的 / 別的東西。
Ich möchte ein neues / anderes Produkt.
I want a new / another product.

這是收據 / 發票。
Hier ist die Quittung / der Kaufbeleg.
Here is the receipt / proof of purchase.

我買錯商品了。我可以換貨嗎？
Ich habe ein falsches Produkt gekauft. Kann ich es umtauschen?
I bought the wrong product. Can I exchange it?

我想要退貨並退費。
Ich möchte ein Produkt zurückgeben und mein Geld wiederbekommen.
I want to return the product and get my money back.

可以幫我把它寄到台灣去嗎？
Können Sie das für mich nach Taiwan schicken?
Can you send it for me to Taiwan?

如果我想把它寄回台灣，我應該拿到哪裡去寄呢？
Wenn ich das hier nach Taiwan senden möchte, wo kann ich es dann abschicken?
If I want to send this one to Taiwan, where can I post it?

我要一個包裝用的箱子。
Ich möchte einen Karton als Verpackung.
I want a carton as packaging.

這些是貴重物品。我要加保保險。
Das sind Wertsachen. Ich möchte eine Versicherung dafür.
These are valuables. I want insurance for it.

關於郵寄

明信片、信件、包裹等可透過郵局寄送，德國郵局統一使用黃色作為識別顏色。

- **寄明信片、信件**
如果要寄回台灣，需在信封表面加註 Taiwan 的英語字樣，姓名、地址可以直接寫中文。另外，還要用紅筆寫上 AIR MAIL 或 LUFTPOST，以表明「航空郵件」之意。

- **國際（非歐洲圈）郵件的郵資**
明信片和 20 公克以下的信件為 0.9 歐元（2016 年資料）。

■ 寄包裹

　　依重量的不同，包裹可以有幾種不同的郵寄方式。小包裹可以利用空運或海運郵寄，航空包裹一般 7 天就能抵達，如果是利用海運，則需要 3 到 4 週的時間。在運費方面，2 公斤以下的小包裹大約是 15.79 歐元起跳。德國郵局裡面也有為民眾準備包裝用的箱子，德語稱為 Packset。

紀念品
Souvenirs

06-27

　　德國很多產品處處可見製造者的巧思和堅持，例如：廣受世人喜愛的邁森瓷器、可以當作傳家之寶的萬寶龍鋼筆和性能優越的菲仕樂食物調理器等，不妨帶個紀念品回台灣吧！

我想要找比較平價的紀念品。
Ich suche relativ preiswerte Souvenirs.
I am looking for relatively inexpensive souvenirs.

你推薦買什麼東西當紀念品呢？
Was empfehlen Sie, als Souvenir zu kaufen?
What do you recommend to buy as a souvenir?

我想要買泰迪熊 / 鋼筆 / 刀叉 / 杯具。
Ich möchte einen Teddybären / Besteck / Tassen kaufen.
I want to buy a teddy bear / cutlery / cups.

泰迪熊
Teddybären

06-28

　　泰迪熊出生於 1902 年的德國，廣受世界各地人們喜愛。泰迪熊在德國各地的商店都有販售，不過最有名的還是 Steiff 施泰夫公司所出產的泰迪熊。

最受歡迎的泰迪熊是哪一隻？
Welches ist der beliebteste Teddybär?
Which is the most popular teddy bear?

這一隻最可愛！
Dieser hier ist am süßesten!
This one is the cutest!

我要把它帶回台灣去！
Ich will ihn mit nach Taiwan zurückbringen!
I want to bring it back to Taiwan!

古龍水
Eau de Cologne

06-29

　　法文的古龍水 Eau de Cologne 就是「科隆之水」之意，因為古龍水的發源地就在德國的科隆。最常被大家買來送禮的「4711 古龍水」可以在德國各百貨公司裡面買到。如果想親自拜訪，它的本店就在 Glock-engasse 巷 4711 號。

哪一瓶是古龍水呢？
Welche Flasche ist Eau de Cologne?
Which bottle is cologne?

我喜歡淡雅一點的香味。
Ich mag einen eleganten, unaufdringlichen Duft.
I like an elegant, unobtrusive fragrance.

我要買兩瓶 4711 古龍水。
Ich will zwei Flaschen 4711 Eau de Cologne kaufen.
I want to buy two bottles of 4711 cologne.

刀子
Messer

  06-30

　　提到德國的刀子，就不得不提 ZWILLING J.A HENCKELS（德國雙人牌），它是刀城——索林根中最具代表性的刀具店。產品種類以戶外用途的刀子為主，再到廚房用的菜刀、開瓶器、指甲刀等應有盡有，還有耐用年限非常長的精品刀；雙人牌的刀具在百貨公司也能買得到。

這把是什麼用途的刀子呢？
Wozu benutzt man dieses Messer?
What is this knife used for?

我想買一把戶外活動用的刀子。
Ich möchte ein Messer für Aktivitäten im Freien kaufen.
I want to buy a knife for outdoor activities.

這附近有雙人牌刀具專賣店嗎？
Gibt es in der Nähe ein Spezialgeschäft für Messer der Marke Zwilling?
Is there a specialty shop for Zwilling brand knifes close by?

陶瓷器
Porzellan

  06-31

這是邁森陶瓷器嗎？
Ist das Meissener Porzellan?
Is this Meissen porcelain?

我要買這套瓷器。我要買這個花瓶 / 茶壺 / 玩偶。
Ich möchte dieses Porzellan-Set kaufen. Ich möchte die Vase / diesen Teekessel / dieses Spielzeug kaufen.
I want to buy this porcelain set. I want to buy this vase / teakettle / toy.

請你幫我包得仔細一點。
Bitte packen Sie das sehr gut geschützt ein.
Please package it so that it is very well protected.

可以請你們幫我寄到飯店嗎？
Können Sie das für mich zu meinem Hotel schicken?
Can you send this to my hotel?

只要明天 / 兩天之內送到都可以。
Es reicht, wenn es morgen / innerhalb von zwei Tagen ankommt.
It is sufficient if it arrives tomorrow / within two days.

關於邁森瓷器

　　邁森瓷器（Meissener Porzellan）是德國最著名的陶瓷器品牌，於 1710 年時在德勒斯登近郊的古都邁森，以歐洲最早的白瓷器製造起家，知名度擴及全世界。謹守傳統製造方法，至今仍堅持以手工描繪細膩圖樣，整個製作過程非常講究。

　　稱為 Zwiebelmuster 的洋蔥造型非常受歡迎，不過它雖然被稱為洋蔥，實際上卻是以石榴或桃子為藍本所做的設計。參觀有名的邁森瓷器工坊之後，可在館內的直營商店購買他們所生產的瓷器。

師傅
Meister

  `06-32`

　　在德國旅遊時，如果有機會可以到工作室參觀，說不定能親眼目睹師傅們實際作業的情形！

做得真漂亮！我可以拿起來看嗎？
Das ist aber schön! Darf ich das mal in die Hand nehmen und angucken?
This is really beautiful! May I pick it up to have a look?

這是什麼時候完成的作品呢？
Wann ist dieses Stück vollendet worden?
When has this piece been completed?

我可以使用它一輩子嗎？
Kann ich es ein Leben lang benutzen?
Can I use it for a lifetime?

實用字彙

刀子	相機	布偶
Messer *(n.)*	**Fotoapparat** *(m.)*	**Puppe** *(f.)*
knife	camera	puppet
皮革	麵包 / 蛋糕	樂器
Leder *(n.)*	**Brot** *(n.)* **/ Kuchen** *(m.)*	**Musikinstrument** *(n.)*
leather	break / cake	musical instrument
廚房用品	鐵路模型	
Küchenutensilien *(pl.)*	**Modelleisenbahn** *(f.)*	
kitchen tools	model train	

德國的師傅制度

　　德國的師傅制度相當著名，從中世紀延續至今，以傳承高級工藝技術為目的，也是一項國家資格。想要擁有師傅資格的人須先實習，學得技術和知識之後，進一步接受實作方面的技術測驗成為熟練工，再經過數年的研習後接受筆試；只有到最後完全通過所有測驗的人，才有資格獲得榮耀的「師傅」稱號。

　　師傅所涵蓋的領域包含一般工藝品、精密工藝品、玻璃製品、金屬製品、樂器、陶瓷器、麵包、糕點等等，相當多元。像德國社會這樣不問職業類別，只講究眼前物品是否確實含有師傅的技術或思想在裡面，是不是很棒呢？

精密儀器
Präzisionsinstrumente

06-33

　　在戰前，德國的精密儀器、光學儀器、電氣製品、工作機器、鐵路模型和醫療儀器等，就已經和德國汽車及 IC 儀器產業共居領導地位。在優越的工匠技藝之下誕生的每一件德國產品，都有傲視群倫的性能表現。城市裡面比較多這類精密儀器的專賣店，追求真正的性能表現的玩家，可別錯過喔！

這隻手錶是新款的嗎？
Ist diese Uhr ein neues Modell?
Is this watch a new model?

我在找古董手錶 / 望遠鏡 / 黑膠播放器。
Ich suche eine antike Armbanduhr / ein Teleskop / en Plattenspieler.
I am looking for an antique watch / a telescope / a record player.

這是使用電池的嗎？
Braucht man hierfür Batterien?
Do you need batteries for this?

那一台古董相機還能用嗎？
Kann man diese antike Kamera noch benutzen?
Can I still use this antique camera?

它的保固期限有多久呢？
Wie lange ist die Garantiezeit?
How long is the warranty period?

足球商品專賣店
Fußballartikel-Shops

06-34

　　德國擁有歐洲第一的甲級聯盟，來到這裡很多人都忍不住想買一堆足球的相關商品。不妨利用本單元的句子，告訴店員自己想要找的球隊或選手吧！

你們有賣印有選手照片的衣服嗎？
Haben Sie Kleidung mit aufgedruckten Bildern von Spielern?
Do you have clothes with printed images of players?

你們有什麼比較罕見的商品嗎？
Haben Sie irgendwelche besondere Artikel?
Do you have any particularly rare items?

我想買……球隊的制服 / 毛巾 / 帽子。
Ich möchte ein Trikot / einen Schal / eine Mütze der Mannschaft ... kaufen.
I want to buy a shirt / scarf / hat featuring the team of ...

實用字彙

釘鞋
Nagelschuhe *(pl.)*
spiked shoes

手套
Handschuhe *(pl.)*
gloves

球員卡
Fußballspielerkarte *(f.)*
soccer player card

博物館商品
Museumsartikel

　　美術館和博物館一般集中在大都市。將欣賞過的名畫、名品烙印在腦海裡用記憶帶回家固然很好，不過也可在美術館或博物館裡設置的紀念品店，把原創真品或複製名畫買回家收藏，也是個讓人永久回味的好方法。

你們有沒有賣這幅畫的海報 / 明信片？
Haben Sie ein Poster / eine Postkarte von diesem Bild?
Do you have a poster / postcard of this picture?

這本目錄有收錄館內所有的收藏品嗎？
Sind alle Ausstellungsstücke in diesem Katalog?
Are all of the exhibits in this catalog?

文具用品
Schreibwaren

　　德國擁有許多評價很高的文具品牌。從 1908 年開始固定推出鋼筆精品的 Mont Blanc（萬寶龍）；以及自工業革命時期以來，即以文具領導品牌深受世人喜愛的 Staedtler（施德樓）皆是世界知名的德國文具品牌。

施德樓的總店在哪裡呢？
Wo ist das Hauptgeschäft von Staedtler?
Where is the main shop of Staedtler?

我想要買彩色鉛筆 / 鋼筆當禮物送人。
Ich möchte Buntstifte / Füller als Geschenk für jemanden kaufen.
I want to buy crayons / a fountain pen as a gift for someone.

削鉛筆機
Bleistiftanspitzer *(m.)*
pencil sharpener

筆記本
Notizbuch *(n.)*
notebook

筆
Stift *(m.)*
pencil

書店、光碟
Buchläden, CDs

06-37

　　一般較大型的書店裡面都會擺放椅子讓讀者坐著讀書、挑書。規模較大的 CD 店一般會允許顧客試聽，方法是把 CD 盒上的條碼貼近試聽機器使之讀取，機器就會自動播放一到兩分鐘的部分曲子讓消費者試聽。

漫畫區在哪裡呢？
Wo ist die Comic-Abteilung?
Where is the cartoon department?

最近的暢銷書是哪一本？
Was sind die Bestseller der letzten Zeit?
What are the best sellers these days?

我在找黑膠唱片。這片光碟可以試聽嗎？
Ich suche Schallplatten. Kann ich diese CD probehören?
I am looking for records. Can I listen in to this CD?

這台試聽機該怎麼使用呢？
Wie benutzt man dieses Probehörgerät?
How can I use this sample listening device?

繪本
Bilderbücher

06-38

　　提到德國的兒童文學，就不得不提到 Erich Kästne（埃里希・凱斯特納）這位知名兒童文學作家，以及他的作品《兩個小洛特》（美國電影《天生一對》的原著）和《小偵探愛彌兒》。此外，插畫家 Wilhelm Busch（威廉・布許）的繪本也都很有名。

這附近有繪本專賣店嗎？
Gibt es in der Nähe einen spezialisierten Bilderbuchladen?
Is there specialized picture book store close by?

最受歡迎的繪本是哪本呢？
Welches ist das beliebteste Bilderbuch?
Which is the most popular picture book?

我想要找埃里希・凱斯特納／赫姆・海恩畫的繪本。
Ich suche ein Bilderbuch von Erich Kästner / Helme Heine.
I am looking for a picture book by Erich Kaestner / Helme Heine.

這本繪本沒有英語版的嗎？
Gibt es von diesem Bilderbuch eine englische Ausgabe?
Is there an English version of this picture book?

地圖
Karten

06-39

　　地圖可以在機場、書店或禮品店買到。另外，城市裡的遊客中心通常有免費的地圖讓旅客自由取用。

哪一份街道圖比較好用呢？
Welche Straßenkarte ist empfehlenswert?
Which street map is best?

你們有詳細一點的地圖嗎？
Haben Sie eine detaillierte Karte?
Do you have a detailed map?

明信片
Postkarten

06-40

　　明信片在街上的禮品店或書店都有販售，不妨趁旅遊的空檔時間，買個幾張坐在咖啡館捎個訊息給親友吧。德國有很多漂亮的明信片，相信收到的人看了一定會很喜歡！

哪裡可以買到明信片呢？
Wo kann ich eine Postkarte kaufen?
Where can I buy a postcard?

我想要買這個城市的明信片。
Ich möchte eine Postkarte dieser Stadt kaufen.
I want to buy a postcard of this city.

木製玩具
Holzspielzeuge

06-41

　　代表著德國榮耀的玩具工作坊，大多數集中在東部的賽芬鎮。德國玩具種類五花八門，舉凡傳統玩偶、童話世界系列玩具、以孩童或可愛動物為主的玩具、胡桃鉗人偶、音樂隊人偶、聖誕節用的天使娃娃等等。德國的木製娃娃是既可以留給自己的德國之旅紀念品，也是非常討喜的紀念禮物。

請問有胡桃鉗人偶 / 音樂隊人偶 / 天使娃娃嗎？
Haben Sie Nussknacker / Musikerpuppen / Engelspuppen?
Do you have nutcrackers / musician dolls / angel dolls?

可以讓我仔細看一下嗎？
Kann ich mir das einmal genau anschauen?
Can I have a close look?

請幫我包仔細一點，不要讓它被碰壞。
Packen Sie das bitte gut ein, damit es nicht kaputt geht.
Please wrap it carefully so that it doesn't break.

聖誕商品店
Weihnachtsartikelladen

06-42

　　羅騰堡有一家 Käthe Wohlfahrt，是一年四季都可買到聖誕商品的專賣店，舉凡聖誕樹的裝飾品、陶瓷器、玻璃裝飾品或燭台等，各式各樣聖誕商品應有盡有，數量也非常豐富。

你們有小一點的裝飾品 / 聖誕樹嗎？
Haben Sie einen kleineren Dekorationsartikel / Weihnachtsbaum?
Do you have a smaller decorative item / Christmas tree?

這些娃娃是一組的嗎？
Gehören diese Puppen zu einer Gruppe?
Are these dolls part of a group?

實用字彙

聖誕老公公
Weihnachtsmann *(m.)*
Santa Claus

燭台
Kerzenständer *(m.)*
candle holder

點心
Süßigkeiten

　　德國街上有稱為 Konditorei 的咖啡及蛋糕店，裡面的師傅總能提供顧客自己無法在家製作重現的美味，特別是聖誕節來臨時，店裡就會推出各式各樣的蛋糕供顧客品嚐。

水果塔的味道聞起來又香又甜。
Die Fruchttörtchen riechen aromatisch und süß.
The fruit tarts have an aromatic and sweet fragrance.

它的口味 / 鮮奶油既濃郁又高雅。
Der Geschmack / die frische Sahne ist geschmacklich reich und hochklassig.
The taste / the fresh cream is rich in taste and high class.

我要一個海綿蛋糕 / 巧克力。
Ich möchte einen Biskuitkuchen / eine Schokolade.
I would like a sponge cake / chocolate.

葡萄酒
Weine

　　對外國人而言，啤酒是德國代表性的飲料，但其實德國也是個葡萄酒大國。孕育於萊茵河的萊茵高（Rheingau）葡萄酒，及德國葡萄酒發祥地所釀造的摩澤爾（Mosel）葡萄酒都是較知名的，應該也是會受到歡迎的禮物。一般供人參觀的酒莊也有提供直接寄回國內的服務，直接在觀光酒莊買酒也是個便宜又方便的選擇。

我要紅 / 白葡萄酒。
Ich möchte Rotwein / Weißwein.
I want red / white wine.

我想要找烈 / 甜一點的葡萄酒。
Ich möchte etwas stärkeren / süßeren Wein.
I want somewhat stronger / sweeter wine.

粉紅酒的味道如何呢？
Wie schmeckt Roséwein?
How does rose wine taste?

你們可以幫我寄到台灣嗎？
Können Sie das für mich nach Taiwan schicken?
Can you send this for me to Taiwan?

你可以幫我包好不被碰壞嗎？
Können Sie das für mich bruchfest verpacken?
Can you pack it for me so that it doesn't break?

實用字彙

柔和 / 順口	不甜的	帶酸味
lieblich / mild	**trocken**	**sauer**
soft / smooth	dry	sour

> 註 Rosé Weine＝粉紅酒，特指以釀造紅葡萄酒般的方法處理過之後，再利用釀造白葡萄酒那樣，只讓果汁發酵的方法釀造而成的粉紅色葡萄酒。

第 7 章

住宿
Unterkünfte
Accommodation

有著受歡迎的古堡旅館、
家族經營的小型民宿，
以及因各國青年群集於此
而發展出來的青年旅館等等，
自古以來就有著旅行的傳統，
使得德國擁有豐富且多元的旅館設施。
規劃一下自己的預算和時間，
享受一趟與眾不同的旅程吧！

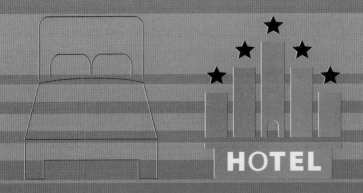

HOTEL

預約訂房
Zimmer mieten

07-01

　　一般旅客可以利用網路訂房，也可以委託航空公司或旅行社預訂旅館房間。

您好，我想訂房。
Guten Tag. Ich möchte ein Zimmer mieten.
Good afternoon. I want to book a room.

什麼時候？
Für welchen Zeitraum, bitte?
For which time, please?

六月一日，住三個晚上。
1. Juni für drei Nächte.
June 1 for three nights.

今晚有沒有空房？
Haben Sie heute Abend noch freie Zimmer?
Do you have free rooms for tonight?

我想要一間兩張床的禁菸雙人房。
Ich möchte ein Doppelzimmer mit zwei Betten für Nichtraucher.
I want a non-smoking twin room.

每晚的價格是多少？
Wie viel kostet es pro Nacht?
How much does it cost per night?

有便宜一點的房間嗎？
Gibt es günstigere Zimmer?
Are there cheaper rooms?

房間有衛浴設備嗎？
Hat das Zimmer sanitäre Einrichtungen?
Does the room have sanitation?

請問有單人房 / 雙人房 / 三人房嗎？
Gibt es eine Einzel- / Doppel- / Dreipersonen-Zimmer?
Is there a single / double / three-person room?

請問有機場的接送服務嗎？
Gibt es Shuttleservice zum Flughafen?
Is there a shuttle service to the airport?

實用字彙

客滿	旺季	淡季
voll belegt	**Hauptsaison** *(f.)*	**Nebensaison** *(f.)*
fully occupied	main season	low season

實用句型：有附……的房間嗎？

有附……的房間嗎？
Gibt es ein Zimmer mit...?
Do you have a room with...?

> 註　德語的「mit」後面加一個名詞就可以表達「有附……」。跟英文句型有類似的用法。

實用字彙

網際網路	陽台 / 露台	客廳
Internet *(n.)*	**Balkon** *(m.)* **/ Terrasse** *(f.)*	**Wohnzimmer** *(n.)*
Internet	balcony / patio	living room
全套衛浴	冷氣	吧檯
Vollbad *(n.)*	**Klimaanlage** *(f.)*	**Bar** *(f.)*
full bath	air conditioning	bar

取消和變更
Stornierung und Änderung

07-02

不得已要取消訂房時，一定要及早和旅館連絡，因為取消訂房的手續費會因距離住宿日期的天數長短而有不同。如果預約日期前後有大型活動時，取消訂房的手續費用就可能會比較高。

抱歉，我想要取消訂房。
Entschuldigung, ich möchte meine Buchung stornieren.
Excuse me, I want to cancel my booking.

我忘了我的預約代碼。
Ich habe meinen Reservierungscode vergessen.
I forgot my reservation code.

取消的手續費是多少？
Wie hoch sind die Stornogebühren?
What are the cancellation fees?

我想更改預約日期。
Ich möchte den Termin ändern.
I want to change the date.

我們會晚一天抵達。
Wir kommen einen Tag später.
We will arrive a day later.

可以改變住房的人數嗎？
Können wir die Anzahl der Personen im Zimmer ändern?
Can we change the number of people in the room?

房間可以保留到幾點？
Bis wie viel Uhr können Sie das Zimmer reserviert halten?
Until what time can you keep the room reserved?

到達日期
Ankunftsdatum *(n.)*
arrival date

離開日期
Abreisedatum *(n.)*
departure date

取消預約
Reservierung stornieren
cancel a reservation

改變訂房
Reservierung ändern
change a reservation

人數
Personenzahl *(f.)*
number of people

房間
Zimmer *(n.)*
room

登記入住
Einchecken

07-03

請幫我辦理報到手續。
Bitte helfen Sie mir mit diesen Anmeldeformalitäten.
Please help me with this check-in formalities.

我有訂房。是用……的名字（訂的）。
Ich habe eine Reservierung. Auf den Namen... (gebucht).
I have a reservation. Under the name of ...

這是我的護照。我可以提早報到嗎？
Hier ist mein Reisepass. Kann ich im Voraus einchecken?
Here's my passport. Can I check in in advance?

請填妥這張住宿表格。
Bitte füllen Sie dieses Gäste-Formular aus.
Please fill in this guest information form.

能不能給我您的信用卡？
Können Sie mir Ihre Kreditkarte geben?
Can you give me your credit card?

當然可以。這是我的護照和信用卡。
Natürlich. Das sind mein Pass und Kreditkarten.
Of course. Here are my passport and my credit card.

下午 3 點以後可以入住。
Nachmittags nach drei Uhr können Sie in Ihr Zimmer.
In the afternoon after three o'clock you can get into your room.

沒有現在就可以使用的房間嗎？
Gibt es kein Zimmer, das gleich jetzt benutzbar wäre?
Is there no room that one could use right now?

房間
Zimmer

07-04

我可以看房間嗎？
Kann ich das Zimmer sehen?
May I see the room?

這不是我當初預約的房型。
Das ist nicht die Art von Zimmer, die ich reserviert habe.
This is not the type of room that I reserved.

我可以換房間嗎？/ 可以多加一張床嗎？
Kann ich das Zimmer wechseln? / ein Extrabett haben?
Can I change rooms? / have an extra bed?

請問有沒有大一點的雙人房？
Gibt es ein größeres Doppelzimmer?
Is there a larger double room?

可以幫我換一間有海景／山景的房間嗎？
Können Sie mir helfen, zu einem Zimmer mit Meerblick / Blick auf die Berge zu wechseln?
Can you help me to switch to a room with sea view / mountain view?

實用句型：有……（景觀）的房間嗎？

有……（景觀）的房間嗎？
Gibt es ein Zimmer mit Blick auf...?
Is there a room with a view on...?

實用字彙

俯瞰全景
Panoramablick *(m.)*
panoramic

都市景觀
Stadtblick *(m.)*
city view

靠庭院
zum Hof
to the yard

獨立陽台
privater Balkon *(m.)*
private balcony

早餐
Frühstück

07-05

　　德國旅館一般會附早餐，不過目前高級飯店額外收取早餐費用的情形已有增加的趨勢，建議在訂房時要詢問清楚。早餐大多採取自助式。

請問有附早餐嗎？
Ist Frühstück mit dabei?
Is breakfast included?

早餐時間是幾點到幾點呢？
Von wann bis wann gibt es Frühstück?
From when until when is breakfast time?

我們可以早一點用早餐嗎？
Können wir etwas früher frühstücken?
Can we have breakfast earlier?

上網
Internetzugang

07-06

　　有些旅館然提供網路，但因網路環境差異很大，經常傳出房客在網路設定上大吃苦頭的情形。如想要在德國上網，直接到網咖可能會比較方便。

請問房間裡是否可以無線上網？
Hat das Zimmer WLAN-Internetzugang?
Does the room have wireless Internet access?

網路連線的密碼是什麼？
Was ist das Passwort für die Internetverbindung?
What is the password for the Internet connection?

旅館附近有網路咖啡廳嗎？
Gibt es in der Nähe ein Internet-Café?
Is there an internet cafe close by?

行李 / 小費
Gepäck / Trinkgeld

07-07

在高級飯店或規模較大的旅館通常會安排大廳服務生，就把搬行李的工作交給服務生處理吧！攜帶比較大件行李返回旅館時，可以請大廳服務生或櫃台服務員幫忙。預約餐廳或觀光行程的話，也別忘記遞上小費。

請幫我把行李送到房間。
Bitte helfen Sie mir, mein Gepäck auf mein Zimmer zu bringen.
Please help me to bring my luggage to my room.

我可以把行李寄放在這裡嗎？
Kann ich das Gepäck hier deponieren?
Can I deposit this luggage here?

謝謝你替我搬行李。
Vielen Dank für den Transport meines Gepäcks.
Thanks for the transport of my luggage.

這是給你的小費。
Dies ist Ihr Trinkgeld.
This is your tip.

櫃檯服務員
Rezeptionisten

07-08

旅館櫃檯服務員可以幫忙房客處理各種事宜，從行程建議、叫計程車、向餐廳訂位到預訂表演的入場券，他們都可以提供服務。

你可以幫我們安排觀光行程嗎？
Können Sie mir helfen, einen Ausflug zu organisieren?
Can you help me to organize a trip?

你可以幫我們向餐廳訂位 / 預訂音樂會入場券嗎？
Können Sie für uns einen Tisch im Restaurant buchen / Konzertkarten reservieren?
Can you reserve for us a table in the restaurant / tickets?

這附近有郵局 / 超市 / 網咖嗎？
Gibt es in der Nähe ein Postamt / einen Supermarkt / ein Internet-Café?
Is there a post office / supermarket / an internet cafe in the vicinity?

我把鑰匙 / 房卡 / 信用卡弄丟了。
Ich habe meinen Schlüssel / meine Zimmer-Keycard / Kreditkarte verloren.
I lost my key / room key card / credit card.

你有收到要給我的留言 / 包裹 / 傳真嗎？
Ist eine Nachricht / ein Paket / Fax für mich gekommen?
Is there a message / packet / fax for me?

飯店設施
Hoteleinrichtungen

07-09

請問飯店有游泳池嗎？
Hat das Hotel ein Schwimmbecken?
Does the hotel have a pool?

健身房在哪裡？
Wo ist das Fitness Studio?
Where is the gym?

請問有保險箱嗎？
Gibt es einen Tresor?
Is there a safe?

請問……在哪裡？
Wo ist...?
Where is...?

實用字彙

商務中心
Geschäftszentrum *(n.)*
business center

餐廳
Restaurant *(n.)*
restaurant

咖啡廳
Café *(n.)*
café

水療設施
Spa *(n.)*
spa

會議廳
Konferenzraum *(m.)*
conference room

停車場
Parkplatz *(m.)*
parking lot

客房服務
Zimmerservice

07-10

可以給我一些冰塊嗎？
Könnten Sie mir einige Eiswürfel geben?
Could you give me some ice cubes?

可以請您幫我送一條厚毛毯到房間來嗎？
Könnten Sie mir bitte eine dicke Decke auf mein Zimmer bringen?
Could you please bring me a thick blanket to my room?

請明天早上 6 點鐘叫醒我。
Bitte wecken Sie mich um sechs Uhr morgen früh.
Please wake me up at six o'clock tomorrow morning.

請問有沒有⋯⋯的服務？
Gibt es...Service?
Is there...service?

實用字彙

乾洗
Chemische Reinigung *(f.)*
dry cleaning

熨燙衣服
Bügeln *(n.)*
ironing

郵寄
Briefversand *(m.)*
letter dispatch service

洗衣
Wäscherei *(f.)*
laundry service

影印 / 傳真
Kopie *(f.)* **/ Fax** *(n.)*
copy / fax

機場接送
Flughafentransfer *(m.)*
airport shuttle

國際電話
Telefonate

07-11

　　從飯店撥電話通常會加手續費，可利用國際電話亭或郵局的電話會較便宜。

我如何從房間打電話出去？
Wie rufe ich aus dem Zimmer nach auswärts an?
How do I make outside calls from the room?

我想打一通國際 / 國內電話。
Ich will einen internationalen / nationalen Anruf tätigen.
I want to make an international / national call.

打國際電話的費率是多少？
Was kosten internationale Anrufe?
How much is the charge for international calls?

實用字彙

長途電話
Ferngespräch *(n.)*
long distance call

市內電話
Ortsgespräch *(n.)*
locall call

電話卡
Telefonkarte *(f.)*
telephone card

貴重物品
Wertgegenstände

07-12

可以寄放貴重物品嗎？
Kann ich hier Wertsachen deponieren?
Can I deposit valuables here?

我來拿我寄放的貴重物品。
Ich möchte meine deponierten Wertsachen abholen.
I want to pick up my deposited valuables.

暖氣 / 吹風機無法運作。
Die Heizung / der Fön funktioniert nicht.
The heating / hair dryer is not working.

浴室的燈不會亮。
Die Badezimmerlampe leuchtet nicht.
The bathroom light is off.

馬桶塞住了。沖水鈕壞掉了。
Die Toilette ist verstopft. Der Abspülknopf ist kaputt.
The toilet is blocked. The water flush button is broken.

小便池 / 浴缸的水滿出來了。
Es schwappt Wasser aus dem Urinal / der Badewanne heraus.
Water spills out of the urinal / bathtube.

浴室裡的水龍頭一直滴水。
Der Badezimmerwasserhahn tropft.
The bathroom faucet is dripping.

沒有熱水 / 衛生紙 / 香皂。
Es gibt kein warmes Wasser / Toilettenpapier / keine Seife.
There is no hot water / toilet paper / soap.

可以請你們過來看一下嗎？何時可以修理好？
Können Sie bittle herkommen, um sich etwas anzusehen? Wann können Sie das beheben?
Can you come and check something? When can you fix it?

……無法運作 / 壞了。
...funktioniert nicht / ist kaputt.
...does not work / is broken.

實用字彙

電視機
Fernseher *(m.)*
television set

DVD 光碟機
DVD-Player *(m.)*
DVD player

警鈴
Klingel *(f.)*
bell

遙控器
Fernbedienung *(f.)*
remote control

相機
Kamera *(f.)*
camera

冷氣
Klimaanlage *(f.)*
air conditioning

樓層
Etagen

07-14

　　德國對於樓層數目的表達概念和台灣不同，在表達或聽取訊息要留意。台灣所指的一樓，是德國的地面樓層；台灣的二樓，是德國的一樓。所以德國的二樓就是台灣的三樓、德國的三樓就是台灣的四樓，依此類推。

餐廳 / 健身房在幾樓？
Auf welcher Etage ist das Restaurant / Fitnesscenter?
On which floor is the restaurant / fitness center?

請問要到幾樓？
Auf welche Etage wollen Sie?
Which floor do you want to go to?

我要去大廳 / 5 樓。
Ich möchte zur Lobby / Etage fünf.
I want to go to the lobby / floor five.

變更住宿時日
Unterkunftszeiten ändern

07-15

我想加住一晚。
Ich möchte eine Nacht hinzufügen.
I want to add a night.

可以在同一間房間多住兩個晚上嗎？
Kann ich zwei Nächte länger im gleichen Zimmer bleiben?
Can I stay two nights longer in the same room?

我想要提早一日離開。
Ich möchte einen Tag früher auschecken.
I would like to check out a day earlier.

我可以將行李寄放到中午嗎？
Kann ich das Gepäck bis Mittag hier deponieren?
Can I deposit the luggage here until noon?

退房
Auschecken

07-16

　　一邊把客房鑰匙歸還給旅館人員，同時說 "Ich möchte"（請幫我辦理退房手續），旅館人員就會拿出請款單來幫你辦理退房手續。有時帳單可能會出現內容和實際不符的情形，請先確認之後再結帳。

請問必須退房的時間是幾點？
Wann ist Checkout-Zeit?
When is checkout time?

可以延後一下退房的時間嗎？
Kann ich etwas später auschecken?
Can I check out a little later?

我可以看一下帳單明細嗎？
Kann ich bitte einmal die Rechnungsdetails sehen?
Can I see the details of the bills, please?

我沒有使用電話 / 小冰箱裡的任何東西。
Ich habe das Telefon nicht / keine Artikel aus dem Kühlschrank genutzt.
I did not use the phone / any products from the refrigerator.

我有使用電話 / 迷你吧。
Ich habe das Telefon / die Minibar genutzt.
I used the phone / minibar.

可以使用旅行支票 / 信用卡付款嗎？
Kann ich mit Reisechecks / Kreditkarte bezahlen?
Can I pay with travelers checks / credit card?

我在網上預約時已經付清款項了。
Ich habe schon bei der Online-Reservierung gezahlt.
I have already paid online when making the reservation.

遺忘物品
Vergessene Gegenstände

07-17

　　如果發現自己有東西放在旅館裡忘記帶走，一定要及早通知旅館，報上自己的房號、姓名、物品名，請旅館協尋。

我把相機 / 手機放在房間裡面忘記帶走了。
Ich habe meine Kamera / mein Handy im Zimmer vergessen.
I have forgotten my camera / my phone in the room.

它應該是被放在廚具櫃上面。
Es ist sicher auf dem Küchenschrank.
It is surely on the kitchen cupboard.

住宿種類及特色
Besonderheiten von Unterkünften

07-18

德國的旅館設施種類相當多元，並不限於一種。了解並積極利用各種旅館設施，可以讓你的德國之旅過得更有意思！

如何選擇旅館類型

種類	特色
Hotel Garni	沒有附設餐廳，但有提供早餐；價格便宜。
Gasthof	以一樓的餐廳為主要營業目的的簡易旅社。
Pension	客房數很少，類似日本的民宿。
Privatzimmer	一般家庭將屋內空房提供給旅客投宿。
Jugendherberge	青年旅館。德國是青年旅館的發源地。
Schosshotel	利用古堡改建的旅館。

Urlaub auf dem Bauernhof	寄宿在葡萄酒農莊裡面，附早餐的住宿型態。提供長期居住的客房大致有三種類型： **1.簡易客房（Simple Category）**：附簡單的家具，浴室則和寄宿家庭共用。 **2.超值客房（Superior Category）**：附舒適的家具，原則上也附浴室。 **3.豪華客房（Luxury Category）**：附高格調家具和浴室。
Romantikhotels	擁有 60 間大飯店、餐廳加盟。建築本身都是利用具有歷史價值的古建築。

古堡旅館
Schlosshotels

07-19

　　德國境內有很多利用古堡改建的住宿，也就是「古堡旅館」，一般交通都不會太方便，客房空間的大小落差也很大。但儘管如此，在住宿方面，古堡旅館還是體驗德國歷史風情的至上之選。

請問我可以訂到古堡旅館的房間嗎？
Kann ich ein Zimmer in einem Schlosshotel buchen?
Can I book a room in a castle hotel?

從車站坐計程車過去要花多少錢呢？
Wie teuer ist es vom Bahnhof mit dem Taxi?
How much is the rise from the train station by taxi?

德國有好多古堡旅館喔！
Deutschland hat eine Menge Schlosshotels!
Germany has a lot of castle hotels!

門禁
Verschlossene Türen

07-20

　　家族經營的小型旅館通常到了深夜就會把大門鎖上，有晚歸打算的人最好事先做好溝通，請旅館不要鎖門，或是申請鑰匙以便自行開門進入。

請問幾點關門呢？
Um wie viel Uhr wird der Eingang zugesperrt?
At what time do you lock the entrance?

可以借用大門 / 後門的鑰匙嗎？
Kann ich einen Schlüssel für die Haupttür / Hintertür leihen?
Can I borrow a key to the main door / back door?

可以不要鎖門嗎？
Ist es möglich, die Tür nicht abzusperren?
Is it possible to not shut the door?

公共設施
Öffentliche Einrichtungen

07-21

　　青年旅館或是一些費用比較便宜的旅館，大多只有公共淋浴室或公共廁所。規模比較大的旅館可能會提供免費的浴池或三溫暖，使用前先詢問開放的時間，並留意使用禮儀。絕大部分旅館的三溫暖是混浴制，使用時請留意。

廁所在哪裡？
Wo ist die Toilette?
Where is the toilet?

什麼時候可以使用淋浴設備呢？
Wann kann ich die Dusche benutzen?
When can I use the shower?

洗髮精 / 潤絲精 / 沐浴乳已經被用完了。
Das Shampoo / die Spülung / das Duschgel ist verbraucht.
The shampoo / hair conditioner / shower gel is consumed.

請幫我拿洗髮精過來。
Bitte geben Sie mir Shampoo.
Please give me shampoo.

關於旅館設施

　　最好不要對環保意識極高的德國旅館設施抱有太高的期待。如果不是四星級或五星級的大飯店，絕大多數的一般旅館是連毛巾都不提供的。為了避免在外地突然發生欠缺盥洗用品的困窘，建議隨身攜帶自己需要的盥洗用品前往投宿比較保險。

實用字彙

化妝棉
Kosmetikwatte *(f.)*
cosmetic cotton

刮鬍刀
Rasiermesser *(n.)*
razor

棉花棒
Wattestäbchen *(f.)*
cotton swabs

房間大解析
Zimmerdetails

07-22

房間
Zimmer *(n.)*
room

鏡子
Spiegel *(m.)*
mirror

門
Tür *(f.)*
door

電話 **Telefon** *(n.)* telephone	鑰匙 **Schlüssel** *(m.)* key	檯燈 **Tischlampe** *(f.)* table lamp
床鋪 **Bett** *(n.)* bed	衣櫃 **Kleiderschrank** *(m.)* wardrobe	枕頭 **Kissen** *(n.)* pillow
衣架 **Kleiderbügel** *(m.)* hanger	毛毯 **Decke** *(f.)* blanket	冰箱 **Kühlschrank** *(m.)* refrigerator
桌子 **Schreibtisch** *(m.)* desk	杯子 **Becher** *(m.)* cup	椅子 **Stuhl** *(m.)* chair
冰塊 **Eiswürfel** *(pl.)* ice cubes	沙發 **Sofa** *(n.)* sofa	菸灰缸 **Aschenbecher** *(m.)* ash tray
窗戶 **Fenster** *(n.)* window	地板 **Fußboden** *(m.)* floor	窗簾 **Vorhang** *(m.)* curtain
天花板 **Decke** *(f.)* ceiling	電視 **TV** *(n.)* TV	垃圾桶 **Mülleimer** *(m.)* garbage can
遙控器 **Fernbedienung** *(f.)* remote control	拖鞋 **Pantoffeln** *(pl.)* slippers	DVD 播放器 **DVD-Player** *(m.)* DVD player
床單 **Bettwäsche** *(f.)* bed sheets	鏡台 / 化妝桌 **Kommode** *(f.)* dressing table	保險箱 **Tresor** *(m.)* safe

浴室大解析
Badezimmer

07-23

浴室
Badezimmer *(n.)*
bathroom

浴缸
Badewanne *(f.)*
bathtub

熱水
heißes Wasser *(n)*
hot water

香皂
Seife *(f.)*
soap

毛巾
Handtuch *(n.)*
towel

梳子
Kamm *(m.)*
comb

衛生紙
Toilettenpapier *(n.)*
toilet paper

牙膏
Zahnpasta *(f.)*
toothpaste

洗手台
Waschbecken *(n.)*
washbasin

蓮蓬頭
Dusche *(f.)*
shower

洗髮精
Shampoo *(n.)*
shampoo

鏡子
Spiegel *(m.)*
mirror

潤絲精
Spülung *(f.)*
hair conditioner

馬桶
Toilettenschüssel *(f.)*
toilet bowl

牙刷
Zahnbürste *(f.)*
toothbrush

水龍頭
Wasserhahn *(m.)*
water faucet

廁所
Toilette *(f.)*
toilet

踏墊
Fußmatte *(f.)*
doormat

水
Wasser *(n.)*
water

沐浴乳
Waschgel *(n.)*
shower gel

浴巾
Badetuch *(n.)*
bath towel

刮鬍刀
Rasiermesser *(n.)*
razor

面紙
Papiertaschentuch *(n.)*
paper tissue

吹風機
Fön *(m.)*
hair dryer

第 8 章

出狀況
Probleme und Schwierigkeiten
Trouble

旅行在外，人生地不熟
要儘量避免讓自己捲入一些不必要的麻煩。
本章彙整身體不適或遇到麻煩的狀況時，
可以參考使用的句子。

上醫院

In Krankenhaus und Arztpraxis

08-01

　　在旅行中，常會把行程安排得太緊迫，如果已覺得不舒服，就稍微中斷一下行程，待在旅館裡好好靜養，先服用自己從國內帶來的常備藥品來緩解症狀。如果還是感到不適，建議最好走一趟當地診所或是醫院。

我覺得身體不太舒服。
Ich fühle mich nicht wohl.
I don't feel well.

我這裡受傷了。
Ich habe mich hier verletzt.
I have injured myself here.

我覺得很虛弱。
Ich fühle mich schwach.
I feel weak.

你可以帶我去看醫生嗎？
Können Sie mich zum Krankenhaus bringen?
Can you bring me to a clinic?

這裡有會説中文 / 英語的醫生嗎？
Gibt es hier einen Arzt, der Chinesisch / Englisch spricht?
Is there a doctor who speaks Chinese / English?

有沒有哪一家醫院有會説中文 / 英語的醫生？
In welchem Krankenhaus gibt es einen Arzt, der Chinesisch / Englisch spricht.
Which hospital has a doctor who speaks Chinese / English?

請呼叫醫生 / 救護車。
Bitte rufen Sie einen Arzt / Krankenwagen.
Please call a doctor / an ambulance.

問診
Ärztliche Untersuchungen

08-02

　　到醫院求診時，常常連用母語都表達不清楚了；如果還要用德語來說明病情，那真是難上加難。建議運用本單元提供的基本表現句法來陳述，同時活用本書身體部位單元（頁257）的內容，與手勢來輔助說明吧！

……痛。
...tut mir weh.
My... hurts.

……不太舒服。
Es geht... nicht gut.
Something is wrong with my....

我覺得……。
Ich fühle...
I feel...

我有……。
Ich habe...
I have....

……在流血。
...blutet.
My... is bleeding.

……麻麻的。
...ist lahm.
My... is numb.

我一直流鼻水。
Meine Nase läuft ständig.
I got a running nose.

病症相關字彙
Wichtige Wörter

08-03

頭痛
Kopfschmerzen *(m.)*
headache

肚子
Bauch *(m.)*
stomach

便秘
Verstopfung haben
constipated

咳嗽
Husten *(m.)*
to cough

鼻炎
Nasenentzündung *(f.)*
rhinitis

膝蓋
Knie *(n.)*
knees

肩膀
Schulter *(f.)*
shoulder

噁心反胃
Übelkeit *(f.)*
nausea

支氣管炎
Bronchitis *(f.)*
bronchitis

發燒
Fieber *(n.)*
fever

拉肚子
Durchfall haben
to have diarrhoea

牙齒痛
Zahnschmerzen haben
to have a toothache

喉嚨痛
Halsschmerzen haben
to have a sore throat

過敏
Allergie *(f.)*
allergy

頭暈
Schwindel *(m.)*
dizziness

腰
Hüfte *(f.)*
waist

打噴嚏
niesen
sneeze

糖尿病
Diabetes *(f.)*
diabetes

心臟病發作
Herzinfarkt *(m.)*
heart attack

高血壓
Bluthochdruck *(m.)*
high blood pressure

身體部位
Körperteile

08-04

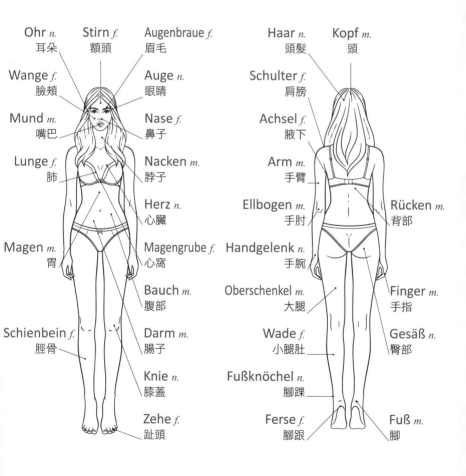

Ohr *n.*
耳朵

Stirn *f.*
額頭

Augenbraue *f.*
眉毛

Haar *n.*
頭髮

Kopf *m.*
頭

Wange *f.*
臉頰

Auge *n.*
眼睛

Schulter *f.*
肩膀

Mund *m.*
嘴巴

Nase *f.*
鼻子

Achsel *f.*
腋下

Lunge *f.*
肺

Nacken *m.*
脖子

Arm *m.*
手臂

Herz *n.*
心臟

Ellbogen *m.*
手肘

Rücken *m.*
背部

Magen *m.*
胃

Magengrube *f.*
心窩

Handgelenk *n.*
手腕

Bauch *m.*
腹部

Oberschenkel *m.*
大腿

Finger *m.*
手指

Schienbein *f.*
脛骨

Darm *m.*
腸子

Wade *f.*
小腿肚

Gesäß *n.*
臀部

Knie *n.*
膝蓋

Fußknöchel *n.*
腳踝

Zehe *f.*
趾頭

Ferse *f.*
腳跟

Fuß *m.*
腳

治療
Ärztliche Behandlung

08-05

　　當身體發生嚴重不適時，建議不要再勉強繼續行程，應該趕緊就醫。記得向醫院索取診斷證明書和收據，以便回國後向保險公司申請理賠。

請把嘴巴張開。/ 請把衣服拉開一點。
Machen Sie Ihren Mund auf. / Machen Sie Ihr Hemd auf.
Open your mouth. / Open up your shirt.

從什麼時候開始的？
Seit wann ist das so?
Since when is it like this?

你需要照一張 X 光片。
Sie müssen ein Röntgenbild machen.
You have to take an x-ray photograph.

幫你量一下體溫 / 血壓。
Lassen Sie mich Ihr Fieber / Ihren Blutdruck messen.
Let me take your temperature / blood pressure.

我會幫你打一針。
Ich gebe Ihnen eine Spritze.
I give you an injection.

放心，你的狀況並不嚴重。這幾天多休息。
Keine Sorge. Ihr Zustand ist nicht gefährlich. Erholen Sie sich einfach einige Tage.
Don't worry, it's nothing serious. Have a good rest for few days.

我會給你一張處方箋。
Ich gebe Ihnen ein Rezept.
I will issue you a prescription.

我們要替你做尿液 / 血液檢查。
Wir untersuchen Ihr Urin / Blut.
We'll examine (test) your urine / blood.

今天請不要做盆浴。
Nehmen Sie heute kein Bad.
Don't take a tub bath today.

建議你暫時停止旅行比較好。
Ich rate Ihnen, zeitweilig nicht zu reisen.
I suggest that you stop travelling for a while.

你需要住院。你需要動手術。
Sie müssen ins Krankenhaus. Sie müssen operiert werden.
You have to stay in the hospital. You have to undergo surgery.

回台灣後最好做詳細檢查。
Am besten lassen Sie sich in Taiwan noch einmal gründlich untersuchen.
It would be the best to undergo a more in-depth medical examination after returning to Taiwan.

藥局
In der Apotheke

08-06

　　在德國購買醫藥用品需憑醫師所開立的處方箋，且國外的藥品不一定適合自己的體質，建議各位出國前應準備一些常備藥品攜帶出國。

請到一樓的藥局拿藥。
Bitte gehen Sie zur Apotheke im Erdgeschoss, um dort Ihre Medizin zu holen.
Please go to the drugstore on the ground floor (first floor) to get your prescription medicine.

我想要拿這張處方箋的藥。
Ich möchte die Medizin hier auf meinem Rezept.
I want to get my prescription medicine.

我想買些止痛藥 / 胃腸藥。
Ich möchte ein Schmerzmittel / Magenmedizin kaufen.
I want to buy some painkillers / stomach medicine.

我的體質會對……過敏。
Ich bin allergisch gegen...
I am allergic against...

這是你的眼藥水 / 喉糖 / 繃帶。
Hier sind Ihre Augentropfen / Halsbonbons / Verbände.
Here are your eye drops / throat lozenges / bandages.

這些藥怎麼服用？
Wie nimmt man diese Medizin?
How should I take this medicine?

一天三次，飯後服用。
Dreimal täglich nach dem Essen.
Three times daily after eating.

實用字彙

藥劑師
Apotheker *(m.)*
pharmacist

退燒藥
Fiebermittel *(n.)*
antipyretic

藥局
Apotheke *(f.)*
pharmacy / drugstore

鎮靜劑
Beruhigungsmittel *(n.)*
sedative

安眠藥
Schlafmittel *(n.)*
sleeping pill

軟膏
Salbe *(f.)*
ointment

濕敷布、貼布
Kompresse *(f.)*
compress

解毒藥
Gegenmittel *(n.)*
antidote

膠囊
Kapsel *(f.)*
capsule

衛生棉
Tampon *(m.)*
pads

藥丸、藥片
Pille *(f.)*
pill / tablet

消化劑
Verdauungsmedizin *(f.)*
digestive

保險套
Kondom *(n.)*
condom

殺菌劑
Antiseptikum *(n.)*
antiseptic

透氣膠帶
luftdurchlässiger Verband *(m.)*
surgical tape

鎂乳（通便藥）
Magnesiummilch *(f.)*
milk of magnesia

咳嗽糖漿
Hustensirup *(m.)*
cough syrup

軟式隱形眼鏡
weiche Kontaktlinsen *(pl).*
soft contact lenses

人工淚液
Augentropfen *(pl).*
ocular lubricant

保險
Versicherungsangelegenheiten

08-07

　　我國國民在國外看病所支付的醫療費,回台灣後可向健保局申請海外緊急就醫給付。健保補助金有上限,不妨再加保海外旅行意外險。看病的診斷證明書和收據絕對是申請給付的必備文件,一定要妥善保管好。

請幫我開立英文診斷證明書和英文收據。
Bitte schreiben Sie mir eine Diagnose und einen Zahlungsbeleg auf Englisch.
Please give me an English certificate of diagnosis and an English receipt.

如果沒有保險的話,要付多少錢?
Wie viel kostet das ohne Versicherung?
How much does this cost if somebody is not insured?

我想要連絡我的保險公司。
Ich möchte meine Versicherung kontaktieren.
I want to contact my insurance company.

呼救
Um Hilfe rufen

08-08

　　德國雖算是治安良好的國家,但夜間在鬧區或風化區遭遇危險的可能性有增加的趨勢。偶有旅客遭受罪犯攻擊的案件傳出,遊客一定要留意自身安全。

救命啊!
Hilfe!
Help!

有人嗎?
Ist jemand da?
Is somebody there?

有小偷！
Ein Dieb!
A thief!

放開我！
Lassen Sie mich los!
Let me go!

捉住那個男人／女人！
**Halten Sie den Mann /
die Frau!**
Catch that man / woman!

快跑！
Schnell weglaufen!

Quickly run away!

不要碰我的東西！
Fassen Sie mich nicht an!
Don't touch me!

不要動！
Nicht bewegen!
Don't move!

快叫警察！
Rufen Sie die Polizei!

Call the police!

快叫救護車！
**Rufen Sie schnell einen
Krankenwagen!**
Quickly call an ambulance!

德國緊急求助電話

警察局：110　　　　救護車／消防隊：112

麻煩
Schwierigkeiten

08-09

走開！別過來！
Verschwinden Sie! Bleiben Sie weg!
Go away! Stay away!

危險！小心！
Aufpassen! Vorsicht!
Danger! Be careful!

夠了！
Es reicht!
It's enough!

我趕時間。
Ich habe es eilig.
I'm in a hurry.

把錢掏出來！
Geben Sie das Geld her!
Give me the money!

叫警察！
Rufen Sie die Polizei!
Call the police!

駐德國台北代表處 http://www.roc-taiwan.org/de/
Taipeh Vertretung in der BRD
地址：Markgrafenstrasse 35,10117 Berlin
電話：(49-30) 203610
傳真：(49-30) 20361-101
急難救助行動電話：(49) 1713898257
E-Mail: roc.taiwan@gmx.de

警察局
Bei der Polizei

08-10

　　機票、護照遺失時，須先向警察單位報案，並取得證明，才可向駐德代表處和航空公司申請補發。在大城市裡面會出現一些專門以外國旅客為對象的犯罪分子，一定要謹慎小心，避免讓行李離開身邊或單獨留在車中。

我的包包 / 皮夾被偷了 / 搶了。
Meine Tasche / Brieftasche ist gestohlen / geraubt worden.
My bag / wallet has been stolen / robbed.

裡面有護照、機票、信用卡。
Darin befinden sich ein Reisepass, ein Flugticket, eine Kreditkarte.
It contans a passport, a plane ticket, a credit card.

我的護照 / 旅行支票 / 相機不見了。

Mein Reisepass / Reisescheck / meine Kamera ist verschwunden.

My passport / travelers check / camera has disappeared.

可以幫我開立事故 / 失竊報案證明嗎？

Können Sie mir einen Unfallbericht / eine Diebstahlsbescheinigung ausstellen?

Can you give me an accident report / certificate of theft?

我需要人幫我翻譯。

Ich benötige einen Übersetzer.

I need a translator.

可以幫我連絡駐德國台北代表處嗎？

Können Sie mir helfen, die Taipeh Vertretung in der Bundesrepublik Deutschland zu kontaktieren?

Can you help me to contact the Taipei Representation Office in Germany?

請幫我的信用卡停用。

Bitte helfen Sie mir, meine Kreditkarte zu sperren.

Please help me to cancel my credit card.

實用字彙

警察局	貴重物品	失物保管處
Polizeistation (f.)	**Wertgegenstände** (pl.)	**Fundbüro** (n.)
Police station	valuables	lost & found office

駐德國台北代表處

Tipeh Vertretung in der Bundesrepublik Deutschland

Tapei Representation Office in the Federal Republic of Germany

觀光局駐法蘭克福辦事處

Büro des Tourismusamtes in Frankfurt

Ministry of Tourism Office in Frankfurt

事故報告書
Unfallbericht
Accident report

失竊證明書
Diebstahlsbescheinigung
Certificate of theft

交通事故
Verkehrsunfälle

08-11

如果有人因故受傷，要立刻呼叫救護車（112），然後連絡租車公司，並在 72 小時內通知保險公司。再向警察（110）描述事發經過時要務求詳盡。

我發生車禍了。
Ich hatte einen Autounfall.
I had a car accident.

我的車爆胎了。/ 沒有油了。
Mein Auto hat einen geplatzten Reifen. / Ich habe kein Benzin mehr.
My car has a flat tire. / My car ran out of gas.

這是我的駕照 / 護照。
Das ist mein Führerschein / Reisepass.
This is my driving license / passport.

他 / 她的車子從後面撞上我的車。
Sein / ihr Auto ist von hinten auf mein Auto aufgefahren.
His / her car crashed into my car from the rear.

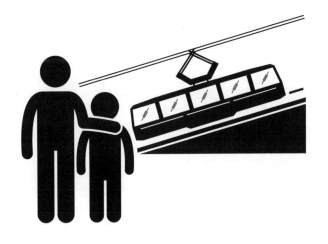

國家圖書館出版品預行編目資料

開始遊德國說德語　德‧英‧中三語版／何欣
熹, Hinrich Homann 作.
—— 初版. —— 臺中市：晨星，2017.08
面；　公分.——（Travel Talk；013）

　　ISBN 978-986-443-280-6（平裝）

　1. 德語　2. 讀本

805.28　　　　　　　　　　　　106008302

Travel Talk 013
開始遊德國說德語
德·英·中 三語版

作者	何欣熹 Hinrich Homann
編輯	余順琪
德語錄音	Gerd Homann M.A.
封面設計	耶麗米工作室
美術編輯	菩薩蠻數位文化有限公司
創辦人	陳銘民
發行所	晨星出版有限公司
	台中市工業區30路1號
	TEL：04-23595820　FAX：04-23550581
	E-Mail: service@morningstar.com.tw
	http://www.morningstar.com.tw
	行政院新聞局局版台業字第2500號
法律顧問	陳思成律師
承製	知己圖書股份有限公司TEL：04-23581803
初版	西元2017年8月15日
郵政劃撥	22326758（晨星出版有限公司）
讀者服務專線	04-23595819＃230
印刷	上好印刷股份有限公司

定價300元
（如書籍有缺頁或破損，請寄回更換）
ISBN：978-986-443-280-6

Published by Morning Star Publshing Inc.
Printed in Taiwan
All rights reserved.
版權所有 · 翻印必究

以下資料或許太過繁瑣，但卻是我們瞭解您的唯一途徑
誠摯期待能與您在下一本書中相逢，讓我們一起從閱讀中尋找樂趣吧！

姓名：＿＿＿＿＿＿＿＿＿　　性別：□ 男　□ 女　　生日：　　／　　／

教育程度：＿＿＿＿＿＿＿＿

職業：□ 學生　　　　□ 教師　　　　□ 內勤職員　　□ 家庭主婦
　　　□ SOHO 族　　□ 企業主管　　□ 服務業　　　□ 製造業
　　　□ 醫藥護理　　□ 軍警　　　　□ 資訊業　　　□ 銷售業務
　　　□ 其他＿＿＿＿＿＿＿＿＿

E-mail：＿＿＿＿＿＿＿＿＿＿＿＿＿　　聯絡電話：＿＿＿＿＿＿＿＿＿

聯絡地址：□□□＿＿＿＿＿＿＿＿＿＿＿＿＿＿＿＿＿＿＿＿＿＿＿＿

購買書名：開始遊德國說德語（書號：0130013）＿＿＿＿＿＿＿＿

‧ **本書中最吸引您的是哪一篇文章或哪一段話呢？**＿＿＿＿＿＿＿＿

‧ **誘使您 買此書的原因？**
□ 於 ＿＿＿＿＿ 書店尋找新知時　□ 看 ＿＿＿＿＿ 報時瞄到　□ 受海報或文案吸引
□ 翻閱 ＿＿＿＿＿ 雜誌時　□ 親朋好友拍胸脯保證　□ ＿＿＿＿＿ 電台 DJ 熱情推薦
□ 其他編輯萬萬想不到的過程：＿＿＿＿＿＿＿＿＿＿＿＿＿＿＿＿＿

‧ **對於本書的評分？**（請填代號：1. 很滿意 2. OK 啦！3. 尚可 4. 需改進）
封面設計 ＿＿＿＿＿　版面編排 ＿＿＿＿＿　內容 ＿＿＿＿＿　文／譯筆 ＿＿＿＿＿

‧ **美好的事物、聲音或影像都很吸引人，但究竟是怎樣的書最能吸引您呢？**
□ 價格殺紅眼的書　□ 內容符合需求　□ 贈品大碗又滿意　□ 我誓死效忠此作者
□ 晨星出版，必屬佳作！　□ 千里相逢，即是有緣　□ 其他原因，請務必告訴我們！
＿＿＿＿＿＿＿＿＿＿＿＿＿＿＿＿＿＿＿＿＿＿＿＿＿＿＿＿＿＿＿＿＿

‧ **您與眾不同的閱讀品味，也請務必與我們分享：**
□ 哲學　　　□ 心理學　　□ 宗教　　　□ 自然生態　□ 流行趨勢　□ 醫療保健
□ 財經企管　□ 史地　　　□ 傳記　　　□ 文學　　　□ 散文　　　□ 原住民
□ 小說　　　□ 親子叢書　□ 休閒旅遊　□ 其他＿＿＿＿＿＿＿＿＿＿＿＿＿

以上問題想必耗去您不少心力，為免這份心血白費

請務必將此回函郵寄回本社，或傳真至（04）2359-7123，感謝！
若行有餘力，也請不吝賜教，好讓我們可以出版更多更好的書！

‧ **其他意見：**

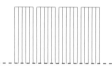
更方便的購書方式：

(1) **網　　　站**：http://www.morningstar.com.tw
(2) **郵政劃撥**　帳號：22326758
　　　　　　　　戶名：晨星出版有限公司
　　　　　　　　請於通信欄中註明欲購買之書名及數量
(3) **電話訂購**：如為大量團購可直接撥客服專線洽詢

◎ 如需詳細書目可上網查詢或來電索取。
◎ 客服專線：04-23595819#230　　傳真：04-23597123
◎ 客戶信箱：service@morningstar.com.tw